Perry Rhodan

BAND 406

KONRAD SCHAEF

DAS SYNDIKAT DER MÄCHTIGEN

BSV

Die Deutsche Bibliothek – CIP-Einheitsaufnahme
Schaef, Konrad: Syndikat der Mächtigen / Konrad Schaef.
–1. Aufl. – Nürnberg: BSV, 1997
(Perry Rhodan; Bd. 406)
ISBN 3-932234-52-9

ISBN 3-932234-52-9 – 1. Auflage 1997

Redaktion: Klaus N. Frick
Illustrationen Cover und Innenteil: Swen Papenbrock
Covergestaltung: Ralph Beloch
Druck: Elsnerdruck GmbH
Printed in Germany

Inhalt

Prolog

Seltsamerweise begann die Schwäche zunächst in seinen Beinen, obwohl ihn der Energiestrahl doch in die Brust getroffen hatte.
Welcher Energiestrahl?
Welche Waffe?
Jadé riß erschrocken die Augen auf. Sein Blick wanderte unstet umher. Himmel! Was war nur mit ihm? Er stand inmitten des Mannschaftsraumes, eingeschlossen von olivgrauen Wänden, an denen sich die Formliegen der Kameraden befanden, ihre Spinde und die Waffenschränke. Und er empfand das Gefühl hilflosen Terrors wie einen tiefen, lähmenden Schock.
Vor Sekunden noch hatte er hinter den Überresten des zertrümmerten Gebäudes gekauert, um sich vor dem Feuer der autarken Impulskanone zu schützen, die wie eine monströse Gottesanbeterin in ihrem Exoskelett auf zwei Vogelbeinen durch die Trümmerlandschaft von Vesta stakste und deren Kanone sich wie eine angriffslustige Kobra von links nach rechts wiegte. Noch hatte sie ihn nicht entdeckt, aber die Syntronik, die sie steuerte, konnte vermutlich die geringe Streustrahlung des aktiven SERUNS orten.
Anders waren die erschreckend hohe Verluste seines Teams nicht zu erklären. Von den ursprünglich acht Mitgliedern seines Kampftrupps waren nur noch Priestly und Nancar übrig. Sie hatten sich links und

rechts von ihm hinter zerborstenen Stützpfeilern eingegraben und feuerten in kurzen Abständen in Richtung des Feindes.

Und von einem Augenblick zum anderen fand er sich in den düsteren Katakomben des Mannschaftsquartiers wieder.

Auf seiner Stirn begann eine Vene zu pulsieren. Es fiel ihm ungeheuer schwer, klar zu denken. Er wußte nur, daß er hier raus mußte. Und zwar dringend.

Doch er konnte nicht laufen. Seine Beine gehorchten ihm nicht mehr länger. Langsam ging er in die Knie. Er stützte den Körper auf die Hände, fühlte den geriffelten Kunststoffbelag und roch diesen Geruch nach antiseptischen Reinigungsmitteln, die in allen Truppenunterkünften zur Anwendung gelangten. Er schloß kurz die Augen und kämpfte gegen die aus seinem Magen aufsteigende Übelkeit an. Dann riß er sie wieder auf ...

Er stöhnte erstickt, als er sah, daß er sich schon wieder an einem anderen Ort aufhielt.

Der Raum wirkte hell und freundlich, erfüllt von einer trügerischen Heiterkeit. Aber es war doch mitten in der Nacht. Oder etwa nicht? Jadé war zutiefst verwirrt. Sein Erinnerungsvermögen schien nicht mehr länger zu funktionieren. Es war, als wollte es ihm einen Streich nach dem anderen zu spielen.

Es ist Nacht – ganz sicher!

Irgendein Rest von Zeitgefühl tief in seinem Innern bestand hartnäckig darauf, daß es Nacht zu sein hatte. Aber es war hell, die Vorhänge vor dem großen Fenster in der Südwand waren zurückgezogen. Draußen brannte die Sonne auf die Wüste Gobi. Im Zimmer war es

heiß und stickig und still. Jenseits der Panoramascheibe konnte er die Skyline von Terrania erkennen.
Terrania?
Oh, grundgütiger Himmel!
Jadé keuchte; seine Kiefermuskulatur verkrampfte sich. Schweiß lief ihm über den Rücken. Einen irrwitzigen Moment lang konzentrierte er sich darauf, die Bahn der Tropfen auf seiner Haut zu verfolgen.
Was ging hier vor?
Es ist ein Traum. Nur ein Traum!
Erneut bewegte sich etwas im äußersten Winkel seines Gesichtskreises. Scharfe Klauen scharrten über den Bodenbelag, ein tiefes, grollendes Keuchen drang an sein Ohr.
Eine Katze! Dem Schatten nach zu urteilen, mußte sie riesig sein.
Lauf, lauf – oder die Katze wird dich fressen!
Furcht schwappte in ihm hoch.
Von allen Scheußlichkeiten der Lokalen Gruppe sind Katzen ...
Aber nein! Da war keine Katze, da war ... Jadés Verwirrung war komplett. Woher kam die Frau auf einmal? Trotzdem, sie war da, stand neben dem Fenster und lächelte. Etwas blendete ihn. Ein verirrter Sonnenreflex schien sich am Lauf der schimmernden Waffe in ihrer Hand zu brechen, es war aber nur der aufgesetzte Zielscanner, dessen roter Punkt ihm in die Augen stach.
Er blinzelte heftig. Das war doch absurd. Wieso eine Frau? Hatte er sie vielleicht eingeladen? Er konnte sich nicht erinnern, und er konnte sich auch keinen Reim darauf machen, weshalb sie auf ihn geschossen hatte.

Oder doch?
Sein Schädel dröhnte, während er auf den roten Fleck auf seiner Brust blickte, dorthin, wo der Strahl in seinen Körper eingedrungen war, um sein zerstörerisches Werk im Innern zu vollenden. Und mit einemmal fühlte er den Schmerz; er brannte und wühlte und zerrte in ihm, kehrte das Innerste nach außen.
Er hustete. Es klang hohl und sehr laut und weckte ein rollendes Echo, das ihn aus den Ecken ansprang. Entsetzt bemerkte er, wie ihm Blut aus dem Mund quoll und über seine Hände lief, die seinen Körper stützten. Er wollte schreien, aber er brachte keinen Laut hervor.
Mit einem Gefühl grenzenloser Panik, wie er es bis jetzt nur bei den Alpträumen seiner Kindheit verspürt hatte, sah er, wie die Frau auf ihn zukam und mit leicht gespreizten Beinen vor ihm stehenblieb. Sie hob mit einem undefinierbaren Ausdruck auf dem Gesicht den Lauf der Waffe und zielte auf ihn, wobei sie eines der grünen Katzenaugen zusammenkniff.
Er wimmerte vor Angst und würgte, während sich um ihn das Zimmer erneut verdunkelte. Nur sie blieb deutlich sichtbar, so als stände sie im Fokus einer starken Lichtquelle. Wieder glaubte Jadé einen irrwitzigen Moment lang, daß dies nur ein Traum war und er jeden Augenblick erwachen würde.
Blindlings kroch er von ihr weg. Seine blutbeschmierten Hände hinterließen Abdrücke wie von Katzenpfoten auf dem hellen Bodenbelag.
Ihr triumphierendes Maunzen und Schreien peinigte seine Ohren. Jadé wand und krümmte sich, hörte Detonationen wie Hammerschläge durch das Zimmer

hallen und spürte, wie in etwas in den Rücken traf. Er kippte um, lag auf der Seite.
Der Raum um ihn war ein einziges großes dunkles Loch, leer bis auf eine schattenhafte Gestalt mit riesigen leuchtenden Augen. Scharfe Krallen fuhren über seinen Körper, rollten ihn auf den Rücken. In seinem Innern schien etwas zu zerreißen ...
Und mit einemmal hob sich die Dunkelheit wie ein schwerer Vorhang von seinen Augen. Er brauchte nur Sekundenbruchteile, um zu erkennen, daß er sich in der Wirklichkeit des LFT-Außenpostens auf Vesta befand.
Er stand breitbeinig inmitten des Mannschaftsraumes. Priestly und Nancar lagen nur vier Schritte von ihm entfernt dicht vor dem Schott, durch das sie zu entkommen versucht hatten. Aber er hatte ihnen keine Chance gelassen, nicht die geringste; das Abstrahlfeld des Thermostrahlers in seiner Hand leuchtete noch schwach.
»Nein!« wimmerte Jadé, als ihm bewußt wurde, was er getan hatte. »Es ist nur ein Traum! Es ist nicht wahr! NEIN ...!«
Als die Stationssyntronik ihren Alarm durch die Akustikfelder gellte, ausgelöst durch die Wärmeimpulse des Strahlers, als man den Ort des Geschehens lokalisierte und die Sicherheitsleute in das Mannschaftsquartier eindrangen, war Jadé nicht mehr ansprechbar. Sein verzweifelter Verstand hatte sich in Regionen zurückgezogen, aus denen er nie mehr zurückkehren sollte.

Kapitel 1

Terrania City, Erde, Ende Mai 1211 NGZ

Es war sieben Uhr dreißig morgens, als Drago übergangslos erwachte. Mit dem Gefühl, viel zuwenig geschlafen zu haben, rollte er sich auf die Seite, stemmte sich hoch und stützte sich auf einen Ellbogen. Leicht benommen blinzelte er in die vertraute Umgebung seines Schlafraumes. Das Zimmer war kühl. Tageslicht sickerte durch die heruntergelassenen Sonnenblenden vor den leicht offenstehenden Fenstern seiner Apartmentwohnung. Von draußen drangen aus der Tiefe die Geräusche des nie zur Ruhe kommenden Molochs Terrania City herauf. Schmale Streifen von Licht und Schatten erstreckten sich über den hochflorigen Bodenbelag. Der schwache Wind, kaum mehr als ein Luftzug, bauschte die leichten Vorhänge.

Mit einer heftigen Bewegung warf er das Laken von seinem Körper, schwang die Füße aus dem Bett, ging in die funktionell ausgestattete Hygienezelle und ließ für fünf Minuten einen kleinen Wirbelsturm unterschiedlicher Reinigungsvorgänge über sich ergehen. Während er sich die Zähne putzte, besah er sich im Spiegel.

Er hatte ein schmales, sehr aristokratisches Gesicht – das Ergebnis einer langen Serie von arrangierten Ehen innerhalb der Familie der Dragos –, die Nase besaß einen geraden Rücken und endete über einem ausdrucksstarken Mund, der arrogant und ein wenig grausam wirkte. Die Backenknochen spannten die gebräunte Haut. Seine Augen hatten die Farbe von brüniertem Stahl. Die dunkelblonden Haare wurden an den Schläfen schon ein bißchen grau. Er war etwas größer als einsachtzig. Sein Körper war hager, sehnig und muskulös.

Nach der Rasur schlüpfte er in einen kurzen, ärmellosen Morgenmantel und schritt auf bloßen Füßen durch das Schlafzimmer in das große Wohnzimmer mit den breiten Fenstern. Er war befriedigt, daß er sich, trotz der etwas heftigen Party, die sich bis weit nach Mitternacht hingezogen hatte, zumindest für den Augenblick wieder in ausgezeichneter Verfassung fühlte.

Er trank einen gewaltigen Schluck Orangensaft aus der leicht beschlagenen Karaffe, die ihm sein aufmerksamer Servo noch in der Nacht bereitgestellt hatte, dann zündete er sich die erste Zigarette an. Auch wenn Rauchen zur Zeit wieder einmal »out« war: Drago wollte nicht davon lassen.

»Ich fürchte«, murmelte er mißmutig, während sein Blick durch den Raum wanderte, »es wird ein harter Tag werden.« Dann, lauter: »Syntron! Musik – clanthonische Musik für ein Blasorchester.«

Der Raum füllte sich mit klangvollen Tönen.

Drago setzte sich in einen Sessel vor dem breiten Fenster, lehnte sich zurück, bewegte den Rücken, um die bequemste Lage zu finden, dann hob er die Fersen an, bis sie auf dem Rand der massiven Glassitplatte lagen, auf der sich das Hauptterminal seines Syntrons befand. Mit einem verbalen Befehl aktivierte er sein Videophon.

»Eine Verbindung mit …«, sagte er und gab die Nummer bekannt.

Einige Sekunden verstrichen, ehe sich der Teilnehmer meldete. »Ja?«. Es war eine kühle, überbeschäftigt klingende Frauenstimme. Hinter dem Gesicht konnte Drago die Hektik eines Redaktionsbüros erahnen. Dann sprach sie, als sie Drago erkannte, etwas weniger geschäftsmäßig: »Du …!«

»Der nämliche«, bestätigte Drago.

»Einerseits bin ich zwar entsprechend entzückt darüber«, sagte Riy, »daß mich einer der gefragtesten Junggesellen Terranias …«

»Keine Komplimente auf nüchternen Magen, bitte!« wehrte Drago bescheiden ab.

»… bei der Tätigkeit stört, mit der ich, mühsam genug, die wenigen Galax zusammenraffe, um nächtens auf Parties gehen zu können, andererseits frage ich mich natürlich, was dich dazu bewogen haben könnte, mich um diese Zeit anzurufen … Was ist? Weshalb antwortest du nicht? Geht's dir nicht gut?«

Sie sprach mit einer klaren, tiefen, leicht arrogant klingenden Stimme, die Rückschlüsse auf eine entsprechend exklusive Erziehung ziehen ließ. Drago hatte eine Schwäche für derartige Frauenstimmen, und er fand sie überaus erregend.

»Doch, doch. Mir geht's ausgezeichnet. Ich war nur ein wenig überrascht darüber, wie dieser entzückende Mund so viele Worte in einem einzigen langen Satz unterzubringen versteht – noch dazu am frühen Morgen.«

Riy Romny war zweiundfünfzig Jahre alt, etwa einsfünfundsechzig groß, schwarzhaarig und blauäugig. Dazu kam ein voller Mund, und sie war auch an den richtigen Stellen überaus wohlproportioniert – und alles war echt. Kein teurer Chirurg habe je bei der Formgestaltung nachgeholfen, hatte sie Drago in der vergangenen Nacht versicherte. Sie war eine der Staransagerinnen von TOP NEWS TERRA.
Ihre Kleider sahen nicht nur aus, als wären sie ausschließlich bei Emjilio oder Tanatogenes gefertigt – sie waren es auch. Und bei dem Schmuck, den sie trug, handelte es sich um keinen raffinierten Modeschmuck, sondern um ausgesuchte Stücke von der Edelsteinmeile Terranias. Insofern war ihre Bemerkung über die wenigen Galax, die sie verdiente, die Untertreibung des dreizehnten Jahrhunderts Neuer Galaktischer Zeitrechnung. Jetzt bildete sich eine kleine Falte über ihrer Nasenwurzel.
»Ich bin nicht sicher, ob das eben ein Kompliment oder etwas weniger Nettes war. Sollte ich es je herausfinden«, drohte sie scherzend, »könnte es gefährlich für dich werden.«
»Gefahr«, sagte Drago und lachte amüsiert auf, »macht vieles im Leben nur noch reizvoller.«
»War es das, was du mir sagen wolltest?«
»Nicht ganz. Zwei Dinge noch: Einmal wollte ich mich erkundigen, ob du die Blumen bekommen hast.«
Ein erstaunter Ausruf. »Die waren von dir? Hätte ich mir auch denken können.« Sie musterte ihn eine Weile intensiv, dann verzog sich ihr Gesicht zu einem Lächeln. »Herzlichen Dank dafür. Und zweitens?«
»Wollen wir die letzte Nacht heute wiederholen?«

Schweigen. Dann: »Ich habe den gestrigen Abend sehr genossen. Trotzdem. Ein andermal vielleicht.«
»Ein anderes Mal gibt's möglicherweise nicht.« Er legte Enttäuschung in seine Stimme.
»Liegt ganz bei dir, Viju. Dies als Trost.«
»Darf ich dich heute wenigstens zum Essen einladen?«
»Ich fürchte, auch dafür reicht meine Zeit nicht.«
»Hm-hm.« Drago gab sich noch nicht geschlagen. »Bedauerlich. Wir könnten toll zu Abend essen, danach in meinem Apartment ein paar Runden spielen und dann zu ein paar anderen Spielchen übergehen, die ich kenne.«
»Du scheinst ja ein ziemlicher Wüstling zu sein«, meinte sie mit einem warnenden Unterton in der Stimme. »Wofür hältst du mich?«
»Für das bezauberndste Wesen unter der Sonne«, sagte er mit einem entwaffnenden Lächeln. »Was sagst du zu meinem Vorschlag?«
Sie seufzte übertrieben gequält. »Du bist wirklich hartnäckig. Also gut. Aber erst morgen abend. Hol mich gegen acht Uhr ab – meine Adresse hast du ja.«
Ehe er sich von seiner Verblüffung erholen konnte, unterbrach sie die Verbindung.
Drago warf den Zigarettenrest in den Ascher, starrte auf den dunklen Bildschirm und überlegte sekundenlang, wie groß seine Chancen wirklich waren. Von einigen Ahnungen geplagt, murmelte er: »Nicht übermäßig groß, Sportsfreund, will mir scheinen. Warten wir's einfach ab ...«
Er klopfte die Taschen seines Morgenmantels nach einer neuen Zigarette ab, fand keine und ging zurück ins Schlafzimmer. Dort lag noch eine Packung, kaum

angebrochen. Er zündete sich eine auf dem Weg zurück in den Wohnraum an und überlegte weiter. Mitten in seine Überlegungen meldete sich sein Syntron.

»Auf Terminal zwei kommt gerade eine Nachricht für dich. Ein Mister Pinpoint.«

Drago runzelte die Stirn; die Wahrscheinlichkeit schwand rapide, mit der reizenden Ramny ein weiteres Mal ausgehen zu können.

Eine Sekunde später erhellte sich der Monitor.

»Kerim? Du?«

Pinpoint hob die linke Braue. »Wer sonst«, tönte es kühl zurück. »Hattest du etwa Perry Rhodan persönlich erwartet?«

»Kaum, obwohl es ein faszinierender Gedanke wäre. Warum die frühe Störung?«

»Schon gefrühstückt?«

Drago verneinte.

»Gut. Die Dachterrasse des Drummond Tower. Genügen dreißig Minuten?«

»Bin schon unterwegs«, beeilte sich Drago zu versichern.

Er sah alle seine Befürchtungen bewahrheitet. Wenn Pinpoint anrief, dann bedeutete dies, daß SOLEFT einen brauchte. Und dann war es für gewöhnlich aus mit dem süßen Leben. Zumindest für eine Zeitlang.

SOLEFT: eine Abkürzung für »Sons of the League of free Terrestrians«. Das private Unternehmen blickte auf eine jahrhundertelange Tradition zurück. Der genaue Zeitpunkt der Gründung war nicht mehr exakt zu bestimmen. Aber von sich reden machten sie etwa um das Jahr 3587 alter Zeitrechnung. Damals war die LFT, die Liga Freier Terraner, also die neue Nation der solaren Menschheit, gerade ein Jahr alt gewesen, und sie hatte kaum Zeit gehabt, ihre Verhältnisse zu ordnen, zumal sie in der kurzen Periode ihres Bestehens eine Schwierigkeit nach der anderen zu meistern hatte. Ihre Erklärung, sich nicht als Nachfolgerin des ehemaligen Solaren Imperiums zu verstehen, schien sie schutz- und machtlos zu machen. Doch das war ein Trugschluß, wie sich bald herausstellen sollte. Das ehemalige Solare Imperium konnte Gefahren und Widrigkeiten, die sich seinen Grenzen näherten, in der Pufferzone zahlreicher Kolonien und mit Hilfe weit vorgeschobener Stützpunkte abwenden.

Die LFT hatte diese Möglichkeiten nicht, aber was früher militärische Präsenz bewerkstelligte, wurde nun durch geschickte Diplomatie erreicht. Alarmierte das Imperium im Falle einer Gefahr den dem Gefahrenherd am nächsten gelegenen Stützpunkt und nahm die dort stationierten militärischen Mittel in vollem Umfang in Anspruch, um die Gefahr abzuwenden, so bemühte sich die LFT um eine Lösung durch Prävention, um Beilegung mit friedlichen Mitteln, noch ehe ein sich abzeichnender Konflikt eskalieren konnte. Um dies durchführen zu können, mußte sie rechtzeitig Informationen über eine im Entstehen befindliche Gefahr erlangen.

Dazu bediente sie sich eines weitverzweigten Nachrichtennetzes, das allerdings nicht von staatlicher Seite aus gelenkt war, sondern aus Hunderten voneinander unabhängiger Agenturen, Detekteien und Daten-Informationsdiensten bestand, die alle ihre eigene Vorgehensweise hatten. SOLEFT war nur eine unter den vielen mitunter manchmal recht kuriosen Organisationen – aber unbestritten die effektivste. Sie war im Jahre 1211 NGZ für die breite Masse zwar noch immer anonym, aber inzwischen längst Bestandteil der operativen Legislative der LFT, wenn auch ein etwas exklusiver.

SOLEFTs Tätigkeit erstreckte sich über die ganze Lokale Gruppe – wenn man keine zu engen Maßstäbe anlegte. Im Jahre 3587 alter Zeitrechnung waren etwa 5000 Mitarbeiter in 750 Niederlassungen an allen Brennpunkten der Milchstraße in ihren Diensten. Nach etwas mehr als zwölf Jahrhunderten waren es insgesamt 11.000 Männer und Frauen in rund 920 Operativen Zellen.

Der Hauptsitz von SOLEFT befand sich noch immer in der Itsubishi Row 4438 im alten Stadtkern von Terrania City. Allerdings hatte der 3587 leicht heruntergekommene zentrale Stadtteil längst modernster Wiederbelebung weichen müssen; jetzt pulsierte um die Itsubishi Row herum das Medienviertel der Megastadt in der ehemaligen Gobiwüste. An Cromwell Shliffer erinnerte nur noch eine polierte Terkonitplatte von zwei mal zwei Metern im Foyer des Towers von SOLEFT INC., inzwischen ein hypermodernes Gebäude mit viel Glas und gerasterten Flächen über einem Skelett aus Terkonitstahl.

Und stets hatte an der Spitze von SOLEFT nur ein einzelner Mann gestanden.

Kerim Pinpoint hieß der aktuelle Leiter der Zentrale. Ein Mann in Dragos Alter, Herr über dessen Schicksal, für einen bestimmten Zeitraum zumindest – und ein

alter Studienfreund. Sie waren sich vor etwa fünf Jahren wieder begegnet, zufällig, wie Viju annahm. Es folgten ein langes Händeschütteln und Schulterklopfen, Einladungen zum Grappa und frohes Wiedersehensgeplaudere. Und zwischen all den Grappas und Espressos bot ihm Kerim an, bei SOLEFT mitzuarbeiten.
Drago, finanziell unabhängig, um nicht zu sagen vermögend, vertrat in Terrania in einer luxuriösen Büroflucht in THE COLONIES die Interessen seiner eigenen Firma, Drago Enterprises, deren Hauptsitz eine Briefkastenadresse auf der Freiwelt Arghiro war. Um die Wahrheit zu sagen: Er ließ diese Interessen vertreten, von einem kleinen, ausgesuchten Stab integrer Mitarbeiter, Broker, Geldmarktanalytiker und Syntronspezialisten. Was ihm Gelegenheit bot, die Rolle des attraktiven, kultivierten Snobs zu spielen. Sein Reichtum war durch eine Reihe äußerst waghalsiger Spekulationen an den stellaren Börsen sowie durch ausgedehnte Immobiliengeschäfte begründet.
Tatsächlich aber bewegte sich Viju Drago zu Beginn seiner Laufbahn – und auch noch lange Zeit danach – in einer Grauzone. Nach den Buchstaben des Gesetzes mußte er als Krimineller eingestuft werden, in den Augen seiner zahlreichen Freunde aus dem Geldadel verstand er es lediglich, mit traumwandlerischer Sicherheit auf jenem schmalen Grat zu balancieren, der den Hasardeur vom finanziellen Genie trennte. Dementsprechend war er in ihren Kreisen angesehen. Drago kannte so ziemlich alle Lokale Terranias, kannte viele Männer und Frauen – und überwiegend die richtigen.

Trotzdem langweilte er sich auf eine nicht näher zu begründende Art und Weise. Weshalb er Kerims Angebot akzeptierte. Erst später, nach einer gründlichen Ausbildung, die ihn mehr als einmal an den Rand des physischen Zusammenbruchs brachte, fand er heraus, daß sein Studienfreund eine detaillierte Sicherheitsüberprüfung von ihm hatte machen lassen und seine Vergangenheit von einigen sehr dunklen Flecken gereinigt hatte – aber da machte es ihm bereits nichts mehr aus, denn aus dem anfänglich oberflächlichen Interesse am Aufspüren von wirklichen Kriminellen war eine Passion geworden. Eine Passion, bei der ihm seine vielen ehemaligen Kontakte zur Unterwelt mitunter sehr nützlich waren.
Kerim Pinpoint hatte ziemlich viel Einfluß – er reichte bis ins Büro der Ersten Terranerin – und hatte Vergnügen an sogenannten konspirativen Treffs, wie er es nannte. Das hieß, daß er seine Mitarbeiter nicht in die Büroräume der Itsubishi Row einlud – Drago war nur einmal da gewesen –, sondern sich mit ihnen in der Anonymität öffentlicher Plätze traf. Die meisten Kontakte mit ihm fanden überwiegend an zivilisierten Orten statt, in Bars oder Restaurants.
Oder dem Drummond Tower.

Kapitel 2

Die Dachterrasse des Drummond hatte regen Zulauf. Hier tummelten sich vorwiegend junge Menschen – nicht nur Terraner und andere Humanoide, sondern auch Extraterrestrier – aus dem Medienbereich, denn das Drummond beherbergte eine Reihe von Organisationen, die sich hauptsächlich mit der Herstellung und Verbreitung von Trivideo-Serien beschäftigten.

Drago und Pinpoint saßen in dreihundert Metern Höhe an der Brüstung und betrachten das Panorama der Stadt vor und unter ihnen. Der Höhenwind wurde von geschickt plazierten Windbrechern abgeleitet.

Das Frühstück lag hinter ihnen. Ein Frühstück, wie es Drago liebte. Es hatte aus sehr starkem Kaffee, French-Toast mit Butter und Ahorn-Sirup vom Regis sowie Rührei bestanden. Während sie frühstückten, drehte sich ihre Unterhaltung überwiegend um Belangloses; ein Todfeld schirmte sie gegen Zuhörer ab. Schließlich schob Pinpoint die Tasse zurück und sah Drago an.

»Hybrodiem, Viju. Erkläre mir, was du von dem Zeug weißt.«

Vor ein paar Monaten war er auf Mimas anläßlich eines Symposiums über alte und neue Suchtgifte auch näher über dieses neue Rauschgift informiert worden. Bis dahin hatte Drago soviel oder sowenig wie jedermann über diese moderne Droge gewußt, die im dreizehnten Jahrhundert NGZ in den Reihen der Drogensüchtigen und bei der Schickimicki-Society zum neuen Renner zu avancieren schien, obwohl sie verdammt teuer war. Das Gramm verschnittenes Hybrodiem kostete den Konsumenten runde dreihundert Galax. Einen Augenblick lang hing Drago der Frage nach, ob Pinpoint sich nur vergewissern wollte, daß er seine Schulungskurse auch wahrgenommen hatte, verwarf den Gedanken aber. Die Seele eines Krämers hatte er bei Kerim eigentlich nie entdeckt.

Er schloß die Augen, bis er sich alle Fakten wieder verinnerlicht hatte. »Die chemische Formel von Hybrodiem lautet ...« Wie ein braver Schüler vor dem Prüfungsauditorium schnurrte er die Formelreihe herunter. »... und noch einer weiteren Komponente, die ich aber nachsehen müßte, doch ich weiß, daß es sich um ein kristallines, geruchloses und geschmacksneutrales Pulver von weißer Farbe handelt. Man kann es über die Nasenschleimhäute aufnehmen oder in gelöster Form ins Blut injizieren. Löslich ist es in Wasser oder Alkohol. Ach ja, man wird davon süchtiger als von dem üblichem Zeugs, das normalerweise von Lepso kommt, wie etwa Rosebud oder Starwynd.«

Pinpoint nickte. »Soweit hast du deine Hausaufgaben gemacht, Viju«, sagte er langsam.

Er hielt inne und betrachtete betrachtete interessiert eine Gruppe junger Plophoserinnen ein paar Tische entfernt, denen man nicht nur an ihrem Gehabe anmerkte, daß sie Schauspielerinnen waren. Schließlich wandte er sich erneut an Drago.

»Also gut«, sagte er, »soviel zur normalen Lesart. Jetzt zu dem, was man euch auf Mimas nicht erzählt hat:

Was man Hybrodiem – oder Hyb – nennt, ist eine äußerst komplexe Verbindung, die mit dem Nervensystem der Süchtigen eine neue organische Verbindung bildet. Die Spezialisten sind sich noch nicht ganz einig, nehmen aber an, daß diese Verbindung den eigentlichen Trip verursacht. Der erzielte Effekt ist eine Verzerrung der realen Umwelt durch massive Störungen des Wahrnehmungsvermögens wie bei den anderen sogenannten harten Drogen aus dem zwanzigsten und einundzwanzigsten Jahrhundert ...«

»Wie beispielsweise LSD 25, Meskalin, Atomic und Heroin«, warf Drago ein.

»Richtig. Nicht zu vergessen die Designerdrogen der neueren Zeit. Aber deren Wirkungen auf den Organismus sind relativ harmlos – weil mittlerweile reversibel – im Vergleich zu dem, was Hybrodiem bewirkt ...«

Pinpoint ließ sich einen Moment von einem lauten Heiterkeitsausbruch der jungen Trivideo-Aktricen ablenken. Dann blickte er wieder zu Drago, fragte: »Wo war ich stehengeblieben ...?« und wechselte unvermittelt das Thema. »Ist dir eigentlich bekannt, daß es in den Reihen des LFT-Raumkorps seit geraumer Zeit einen beträchtlichen Drogenmißbrauch gibt?«

Drago nickte. »Davon habe ich gehört.«

Was Pinpoint ihm da mitteilte, war an sich kein neues Problem. Seit Jahrtausenden waren auf der Erde die verschiedensten Rauschgifte im Gebrauch. So unterschiedlich die Wirkungsweise dieser Gifte auch war – der Handel folgte stets denselben Gesetzmäßigkeiten. Daran änderte sich auch 1971 mit Beginn der

Raumfahrt nichts, als Perry Rhodan mit der STARDUST zur ersten bemannten Mondlandeexpedition aufbrach, und schon gar nicht, nachdem die Menschheit in der Milchstraße Fuß gefaßt hatte; lediglich die Zahl der zur Verfügung stehenden Gifte erhöhte sich durch das Öffnen intergalaktischer Märkte. Und zu allen Zeiten fanden die Händler ihre Opfer auch oder gerade unter den Angehörigen des Militärs.
Kerim Pinpoint fuhr fort: »Eines ist merkwürdig: Während auf den Welten des unmittelbaren solaren Einflußbereiches Hybdrodiem nur schwer zu beschaffen und dabei auch noch recht teuer ist, bekommt man es seit einiger Zeit im Nogias-Sektor ohne Schwierigkeiten in jeder beliebigen Menge und in Anbetracht seines normalen Marktpreises nahezu geschenkt. Noch merkwürdiger: Das Zeug wird nicht etwa versteckt gehandelt! Auf Adamar, Vesta oder Calvins Welt kann man Hybrodiem offen praktisch an jeder Straßenecke, in jeder Bar, auf jedem Markt und sogar unmittelbar vor den Toren der Außenposten kaufen. Die Folge ist eine immense Ausfallrate unter den Angehörigen des terranischen Korps.«
Pinpoints Gesichtsausdruck wechselte. Drago kannte ihn lange genug, um zu wissen, daß er nun eine Frage erwartete.
Pflichtschuldigst fragte er deshalb: »Etwa Todesfällc?«
Pinpoint nickte. Sein Gesichtsausdruck verdüsterte sich.
»Das Gift greift das Gehirn an?« mutmaßte Drago weiter.
Abermals nickte Pinpoint. »Hybrodiem lagert sich, hat man es erst einmal eingenommen, im zentralen

Nervensystem ab, ersetzt gewissermaßen die Grundbestandteile bestimmter Zellen und führt innerhalb kurzer Zeit zur totalen Zerstörung der Persönlichkeit der Süchtigen. Es zerfetzt ihnen das Gehirn, und das so gründlich, daß praktisch keine Chance auf Heilung besteht. Aber damit nicht genug. Hyb macht auch noch psychotisch. Die Betroffenen werden von Wahnideen und Halluzinationen heimgesucht, die darin gipfeln, daß sie Amok laufen, übereinander herfallen und sich gegenseitig abschlachten. In den Außenstationen von Vesta zählte man innerhalb von sechzig Tagen vierundvierzig Todesfälle. Bis die Untersuchung abgeschlossen ist, rechnet man mit vielen weiteren Toten.«

Während Pinpoint redete, hatte sich eine tiefe Falte über seiner Nasenwurzel gebildet. Das war selten genug, wie Drago wußte.

»Der Drogenmißbrauch auf Vesta hat einen kritischen Punkt erreicht. Alle relevanten Gremien von LFT und HQ-Hanse befassen sich inzwischen mit dem Problem. Über das Büro der Ersten Terranerin erhielt ich die dabei gesammelten Informationen. Es hat mehrere Agenten das Leben gekostet, aber wir haben die Spur gefunden. Wir wissen, das Zeugs kommt von Thymoon, einer Randwelt im Yolschor-Sektor. Wir haben ferner erfahren, daß es über Ferro Zwei seinen Weg ins Solsystem nimmt und von dort aus in die Krisengebiete geht. Aus dem Umstand, das Hyb allen Anschein nach gezielt einer ganz bestimmten Personengruppe sehr leicht zugänglich gemacht wird, läßt sich eigentlich nur folgern, daß die Präsenz Terras in diesen Sektoren nachhaltig gestört werden soll.«

Pinpoint schwieg einen Augenblick, ehe er weitersprach. »Offensichtlich versucht man, Terras mäßigende Einflußnahme ...« er hüstelte leicht, »... auf die Hardliner um den Nogias-Quadranten empfindlich zu stören, wenn nicht gänzlich zu unterbinden.«

Das war eines der neueren Probleme unter vielen, vielen anderen, mit denen sich die Erdregierung herumzuschlagen hatte. Erbe eines Zeitabschnitts, der zu den unseligsten in der terranischen Geschichte gezählt werden mußte. Nichts hatte die politische und ökonomische Struktur in der Milchstraße nachhaltiger verändert als die Wirren nach den Dunklen Jahrhunderten, die auf Monos' Herrschaft folgten.

Seit dem mühsamen und immer wieder von Rückschlägen begleiteten Wiederaufbau nach 1147 NGZ blieb die Galaxis ein Unruheherd. Es war eine Zeit des permanenten Umbruchs, des Auseinanderdriftens ehemals vernetzter Wirtschaftsgefüge. Obwohl das Galaktikum, 429 NGZ aus der Galaktischen Völkerwürde-Koalition hervorgegangen, alles daransetzte, erneut an Einfluß zu gewinnen, blieb der Erfolg mäßig. Fast ohnmächtig mußte es mit ansehen, wie die Milchstraße in fünf große Wirtschaftsblöcke zerfiel – dominiert meist von Blues, Arkoniden, Springern, Akonen und Terranern –, die sich um ökonomischer, diplomatischer und vor allem militärischer Vorteile Willen ständig in den Haaren lagen. Und dies dauerte bis heute an.

Die LFT mußte sich fortwährend mit durch nichts begründeten Gebietsansprüchen der Topsider auf arkonidische und terranische Kolonialwelten herumschlagen. Zu allem Überfluß sah sie sich durch die Übergriffe der Akonen auf Außenposten im Bereich der arkonidischen Einflußsphäre gezwungen, militärische Präsenz zu zeigen, um ein Aufflackern neuer Krisenherde zu verhindern.

Offiziell galt der kalte Krieg zwischen Sphinx und Arkon zwar als beigelegt, aber hinter den Kulissen herrschte noch immer eine gespannte Atmosphäre. Gottlob gab es nicht mehr sehr viele Gebiete, wo sich arkonidische und akonische Interessen berührten. Aber ein paar existierten schon noch. Der Nogias-Sektor war eines davon. Und nur die Anwesenheit eines starken Verbandes der LFT hatte bisher verhindert, daß eine neue Krise ausbrach.

»Ich verstehe«, sagte Drago. »Weiß man, wer dahintersteckt?«

»Falsche Frage. Es muß heißen: *Was* steckt dahinter.«

»Aah ja?«

»Eine uns nicht ganz unbekannte Institution: das Syndikat der Mächtigen.«

Das Syndikat der Mächtigen ...

Drago war der Begriff geläufig. Dabei handelte es sich um eine Art obersten Gerichtshof des organisierten Verbrechens. Eines Zusammenschlusses der sogenannten Ehrenwerten Familien, die je einen Sitz im Syndikat hatten und innerhalb dieses Zirkels eine Persönlichkeit ihres Vertrauens als »Advocatus Diaboli« an die Spitze stellten. Zwar existierten die antiken Begriffe wie Cosa Nostra oder Mafia nicht mehr, aber die Nachfahren dieser Organisationen waren auch im 13. Jahrhundert NGZ bei ihren blutigen Geschäften genauso eifrig zugange und bedienten sich kaum wesentlich subtilerer Mittel bei der Durchführung ihrer Unternehmungen, als es zu Beginn des

20. Jahrhundert altterranischer Zeitrechnung üblich war.
»Ist bekannt, über welche Kanäle das Hybrodiem nach Vesta respektive Adamar und Calvins Welt gelangt?«
»Wir haben inzwischen einiges über einen Kurier in Erfahrung gebracht«, sagte Pinpoint, »der fast regelmäßig zwischen Sol und Arghiro hin- und herreist.«
»Ich verstehe«, sagte Drago erneut. Jetzt wußte er, weshalb Kerim *ihm* diesen Job gegeben hatte und nicht einem anderen Mit-Agenten der SOLEFT. »Wo treffe ich diesen Kurier? Wie komme ich an ihn heran?«
Pinpoint runzelte die Stirn. »Nicht ihn, sie.«
Vijus Augen zuckten ein bißchen. »Eine Frau?«
Pinpoint sah ihn erstaunt an. »Irgendwelche Probleme damit?«
»Natürlich nicht.«
Eine Pause folgte, dann sagte Drago: »Da ist noch etwas: Wenn Hybrodiem auf Vesta und den anderen Krisengebieten fast verschenkt wird, verzichtet das Syndikat auf einen gewaltigen Profit. Warum tut es das? Offen gesagt, ich habe noch nie davon gehört, daß man sich in diesen Kreisen freiwillig mit wenig begnügt, wenn man für eine Sache hundertmal soviel bekommen kann.«
Pinpoint lächelte nichtssagend. »Verzichten? Nein, muß nicht sein.«
»Wie? Oh – ich verstehe!« sagte Drago. »Es gibt jemanden, der die Differenz ausgleicht, ist es nicht so? Jemand, dem die Sache so viel wert ist, um Terra aus dem Nogias-Sektor zu vertreiben?«
»Das könnte zutreffend sein.« Er hob die Hand, als ein Robotkellner vorbeikam. »Noch Kaffee?«

»Wie? Ja, natürlich.«
Sie nippten ein Weilchen schweigend am Kaffee. Dann fuhr Pinpoint fort: »Unser Problem ist, daß wir im Grunde gar nicht wissen, wer oder was hinter der Sache steckt. Es kann sich sowohl um eine hitzköpfige Arkonidenopposition handeln als auch um eine Verschwörung der akonischen Gegenregierung oder auch um etwas ganz anderes.«
»Dann lautet mein Auftrag, herauszufinden, wer die Geldgeber sind?«
»Zum Teil. Wir vermuten, daß auf Arghiro ein Statthalter des Syndikats sitzt. Diesem das Handwerk zu legen und ihn notfalls zu töten – ich betone: notfalls –, muß Vorrang haben. Wenn du dabei auch noch herausfindest, wer das Syndikat der Mächtigen für seine eigenen Ziele benutzt, auch gut.«
Kerim Pinpoint drehte die leere Kaffeetasse zwischen seinen Fingern hin und her. Er schien in unfreundliche Gedanken versunken zu sein. Dann hob er den Kopf.
Sein Blick verriet tiefe Besorgnis, als er leise sagte: »Vierundvierzig Todesfälle innerhalb von nur sechzig Tagen, Viju. Denk immer daran: Das Leben dieser Männer und Frauen war eine Art Anzahlung auf deinen Auftrag. Der Strom an Hybrodiem in die Krisengebiete muß endlich versiegen.«

Kapitel 3

Pontichos II, Luxor-System, Anfang Juni 1211 NGZ

Weiß und klar war die Sonne aus der leicht bewegten See aufgetaucht. Jetzt stand sie fast im Zenit. Die Atmosphäre am Strand war heiter und gelöst. Lachen ertönte, fröhliches Geplauder; aus Akustikfeldern kamen die schmeichelnden Klänge einheimischer Tonkünstler und woben ihre farbigen Schleier über die Esplanade.

Viju Drago räkelte sich entspannt auf einer riesigen gepolsterten Antigrav-Liege, die Eigentum des Hotelkomplexes war, der sich hinter ihm erhob und in dem er seit genau drei Tagen eines der unvergleichlichen Apartments bewohnte. Er hatte die Augen hinter den Gläsern einer Sonnenbrille verborgen, nippte hin und wieder von seinem eisgekühlten Drink und verfolgte die Surfer auf ihren Monobrettern, die über die malachitfarbenen Wellen gischteten.

Ein Schatten verdunkelte die Sonne; Wassertropfen fielen auf seine braungebrannte Brust. Er öffnete die Augen, schob die verspiegelten Sonnengläser auf die Stirn und schüttelte sich übertrieben prustend.

Dann fragte er: »Na, wie war's?«

Er hob die Hand, griff nach ihr. Seine kräftigen Finger umspannten für einen Moment ihr linkes Knie; die Sehnen unter der Haut verhärteten sich augenblicklich.

Sie mußte ungewöhnlich starke Beinmuskeln besitzen, was man ihr aber nicht so ohne weiteres anmerkte.
Die junge Frau zog die Taucherbrille vom Kopf. »Viel zu warm. Am liebsten möchte ich in einem Eismeer schwimmen«, sagte sie mit klarer Stimme.
»Wie wär's mit Eissurfen in der Nordregion?« fragte er schläfrig und blinzelte zu der jungen Frau hinauf.
Sie war eine Schönheit. Schlank, trotzdem an genau den richtigen Stellen kräftig proportioniert und braungebrannt – kein Wunder nach zwei Wochen Aufenthalt an den Ophirstränden Pontichos II. Pontichos II, das Juwel der Galaxis! Ihr Haar, in der Mitte gescheitelt und im trockenen Zustand in weicher Welle bis zum Nackenknoten verlaufend – wunderbares Haar, goldgelb wie reifes Korn und fast von der gleichen Farbe wie die des Strandes –, troff vor Nässe. Die zwei Streifen Stoff ihres Badeanzugs bedeckten gerade so viele Quadratzentimeter Haut, daß es aufreizender wirkte, als wenn sie nackt gewesen wäre.
Sie griff sich ein Handtuch von der Liege und rubbelte ihr Haar trocken. »Keine schlechte Idee«, antwortete sie. Dabei klang ihre Stimme eher höflich als tatsächlich interessiert.
Zur Seite rückend, machte er ihr Platz. »Bis dahin – hier! Eine kleine Erfrischung.«
Das Handtuch flog achtlos in den Sand. »Was ist das?« forschte sie, nahm das Glas aus seinen Fingern und setzte sich neben ihn.
»Fruchtsaft – und ein bißchen was anderes.«
»Hmm, mit andorianischem Grappa, sehr gut.« Ihr Mund war ungeschminkt und äußerst begehrenswert. Sie sah ihn an, mit tiefblauen Augen, die mitunter sehr

abweisend blicken und einen Mann, falls dieser es verdiente, leicht auf seinen Platz verweisen konnten, wie er zu seinem Leidwesen schon feststellen mußte. Jetzt allerdings lächelte sie; ihre Zähne waren sehr weiß in ihrem braunen Gesicht.
»Du bist sehr aufmerksam«, stellte sie fest.
Wenn du wüßtest, wie aufmerksam ich wirklich bin, dachte er und verbarg seine Augen wieder hinter der Sonnenbrille.
So schön das Leben auf dieser Welt im Moment auch schien, er war nicht auf Pontichos II, um zu surfen oder sich braun brennen zu lassen. Er war ein Köder, weiter nichts. Allerdings ein sehr sorgfältig ausgewählter Köder, ausersehen dazu, diese Frau in die Falle zu locken. Sein wahres Ziel war natürlich das Syndikat, sie selbst spielte dabei eine etwas untergeordnete Rolle, war eigentlich nur Mittel zum Zweck.
Das Syndikat der Mächtigen ...
Es trug viele Namen. Und es hatte auf vielen Planeten der Lokalen Gruppe seine Vertreter. Statthalter, wie sie genannt wurden. Sie waren die Bindeglieder zwischen dem ansässigen Wirtschaftsleben und dem Verbrechen. Der Öffentlichkeit gegenüber traten sie in der Maske von Rechtsanwälten, von Politikern oder Geschäftsleuten auf. Oft genug auch als Richter oder hohe Verwaltungsbeamte der planetaren Justiz des jeweilig herrschenden politischen Systems. Die Statthalter kontrollierten Prostitution, Glücksspiel und Rauschgifthandel für das Syndikat, und das taten sie mit eiserner Hand.
Vor vier Tagen war Drago auf Pontichos II angekommen, hatte ausgecheckt und sich mit einem Shuttle an

die Küste bringen lassen. Unmittelbar nach seiner Ankunft hatte er sie schon im Hotel gesehen, allein an ihrem Tisch und auch allein an der Bar, mit einem sehr, sehr selbstsicheren Ausdruck um ihren attraktiven Mund. Und als er sie zu Gesicht bekam, wußte er sofort, daß es Schwierigkeiten geben würde: Sie war exakt der Typ, der ihn jederzeit um den Finger wickeln konnte, was die Zukunft für sie beide möglicherweise sehr erschweren konnte.
Enorm erschweren.
Zwei Tage hatte es gedauert, ihre Aufmerksamkeit auf ihn zu lenken. Inzwischen waren sie sich nähergekommen, wenn auch nicht in dem Maße, wie es für sein Vorhaben wünschenswert gewesen wäre, aber fast. Und noch immer hatte er keinen ihrer sicher vorhandenen Bewacher bemerkt, was deren Professionalität nur unterstrich. Sie erzählte ihm nicht viel von sich, lediglich daß sie Cyril Hope Quillian hieß, was er aber, neben ein paar anderen Einzelheiten aus ihrem Leben, bereits wußte, aber das wußte sie wiederum nicht.
»Eissurfen«, kam sie auf seinen Vorschlag zurück. »Hmm, warum nicht? Du hast viel Zeit?« Das war nur höfliche Konversation.
»Ich habe nicht viel zu tun«, bestätigte er übertrieben forsch.
»So gut möchte ich es auch mal haben ...«, sagte sie halblaut und gedankenverloren und blickte den Strand hinunter aufs Meer.
Einer der großen Seevögel flitzte anmutig und mühelos über die Wellen und schraubte sich dann mit atemberaubender Geschwindigkeit in den Wind hoch. Die Augen der jungen Frau folgten ihm hinter den dunklen

Gläsern ihrer Sonnenbrille beinahe sehnsüchtig.
Dann wandte sie ihre Aufmerksamkeit erneut ihm zu. »Laß mich raten: Du scheinst in Geld zu schwimmen, ist es nicht so?«
»Falsch«, erwiderte er. Sein Gesicht zeigte einen Anflug von Unzufriedenheit. »In Wirklichkeit bin ich nur so eine Art besserer Butler für eine Gruppe von Finanzmaklern, für die ich die Botengänge mache.«
Sie runzelte die Stirn. »Du machst einen Scherz? Laufburschen kommen nicht mal in die Nähe dieser Welt.«
»Nun ja«, schränkte er widerwillig ein, »ich bin der Verwandte eines Verwandten des Chefs, der seine eigenen Ansichten über Vetternwirtschaft hat. Der Clan hält zusammen, verstehst du? Allerdings verfüge ich innerhalb der Familie nicht über die nötige Reputation, deshalb werde ich meist nur als Pilot für die Rennjachten eingesetzt, die ...« Drago hielt plötzlich inne. »Entschuldige bitte. Es ist unverzeihlich von mir, dich auf so eine Art und Weise zu langweilen.«
Sie machte eine abwehrende Handbewegung. Ihre Miene wirkte unbeteiligt, als sie sagte: »Du brauchst dich nicht zu entschuldigen.« Dann: »Du bist also Pilot? Einer dieser harten Draufgänger, die in den Bars der Raumhäfen herumhängen und Mädchen mit Berichten von ihren sagenhaften Rennen in ihre Betten locken?«
Ein endlos langes braunes Bein rutschte langsam näher und schob sich wie unbeabsichtigt eng an das seine. Drago wurde es warm, sehr warm. Und diese Wärme hatte nichts mit Pontichos' Sonne zu tun.
»Nun ja, eigentlich bin ich nichts anderes als ein bes-

serer Mechaniker«, bekannte er abschwächend und legte eine Spur Zerknirschung in seine Stimme. »Hauptsächlich staube ich die Instrumente ab. Hin und wieder darf ich auch mal an die Steuerung, um ein paar Leute durch die Galaxis zu karren.«

Das Schweigen dauerte lange. Schließlich bemerkte sie: »Aufregendes Leben, stelle ich mir vor.«

»Wie man's nimmt.« Er schnipste mit den Fingern nach dem Servo, der aufmerksam drei Schritte entfernt auf seinem Antigravpolster hinter ihnen schwebte, und bestellte noch zwei andorianische Grappas. Diesmal ohne Fruchtsaft. »Aufregend ist es nur an Plätzen wie diesen und in Gesellschaft wie der deinen. Unglücklicherweise dauern aber Vergnügen dieser Art meist nie sehr lange.«

»Nein?« Sie rückte ein wenig von ihm ab, wie er bedauernd zu Kenntnis nahm.

»Nein. Leider muß ich meine Ferien in Kürze abbrechen und zurückkehren.«

»Das tut mir leid«, sagte sie und schnitt eine Grimasse in ihren Drink. Dann drehte sie sich zum ihm herum und setzte sich auf. »Zurückkehren wohin?«

»Erde, Sol.«

»Wie schade«, sagte sie.

»Es hat auch seine guten Seiten«, bekannte er. »Ich muß demnächst eine längere Reise antreten. Nach Ghola, eine Rennjacht von dort nach Terra überführen.«

Sie lachte amüsiert und schlang die Arme um die Knie. »Noch mehr Ferien für den Verwandten eines Verwandten?«

»Kaum, es ist mit Arbeit verbunden. Aber es verschafft

mir die Gelegenheit, mich vorher ein paar Tage in Terrania City herumzutreiben.«

»Wann reist du ab, Viju?« Es war das erste Mal, daß sie ihn beim Vornamen nannte.

»Morgen nachmittag.«

»Schade«, sagte sie halblaut.

»Ja«, bestätigte er, »aber der Boß ruft. Außerdem kann ich dadurch wieder ein paar Galax verdienen.«

Sie schwieg eine Weile, dann sagte sie: »In vier oder fünf Tagen werde ich ebenfalls in Terrania City sein.« Sie sagte es ganz nebenbei.

Ohne sie anzusehen, meinte er: »Wenn du eine Stunde frei hast oder so ...«

»Es gibt vermutlich viele Viju Dragos im Videophon-Register.«

»Suche nach einem mit einer Adresse in den Deneb-Apartments.«

»Werden Domestiken so gut bezahlt?« Ihre Brauen wölbten sich.

»Bloß eine bessere Mansarde«, wiegelte er entschuldigend ab, »auf Spesen.«

»Ich werde anrufen. Fliegst du wirklich nach Ghola?«

In Dragos Gesicht zuckte kein Muskel. »Ja, wirklich.«

»Allein?«

»Vermutlich. In ungefähr zehn Tagen«, antwortete er und beschloß, sie ein wenig aus der Reserve zu locken. »Allerdings werde ich vorher einen Abstecher nach Arghiro machen, liegt sowieso auf der Strecke.«

Sie sah überrascht aus. »Warum Arghiro?«

»Ich amüsiere mich da immer so gut. Das kennst du doch, oder? Frei und ungebunden – auf Kosten der Firma.«

Sie lachte. Aus Höflichkeit. Es lag keine Herzlichkeit darin.

»Du warst schon mal dort?« fragte sie mit einem gelangweilten Unterton.

»Auf Arghiro? Ja, ja. Ein wundervoller Planet. Wenn ich nicht gebraucht werde, kümmere ich mich dort ein wenig um die Farm meines Oberbosses.«

»Du führst wirklich ein aufregendes Leben«, sagte sie; ihre Augen leuchteten plötzlich interessiert auf.

»Und du?« Er versuchte, nicht zu neugierig zu erscheinen.

»Hm«, sagte sie. »Bei weitem nicht so interessant. Meistens nur Durchschnitt.« Sie ging nicht weiter darauf ein und vergrub den Boden des leeren Glases im ophirfarbenen Sand neben der Liege.

Er bohrte weiter: »Nun sag schon! Wie war deine Reise?«

»Wie bitte?«

»Sicher hat dich ein Luxusliner der Kreit-Star-Linie hierhergebracht.«

»Sicher«, sagte sie, »von Orbana. Gibst du mir bitte eine Zigarette?«

Drago tat gebührend beeindruckt. »Lepso, die Freihandelswelt der Sonne Firing?«

»Eben diese«, sagte sie.

Ihr Verhalten ermunterte nicht gerade zu weiteren Fragen, und so ließ es Drago dabei bewenden – für den Augenblick zumindest. Während sie den Rauch des Zigaretten-Derivats inhalierte, betrachtete er ihr Gesicht, ihre attraktive Nase, ihren breiten Mund, die blauen Augen.

»Um auf Terrania zurückzukommen«, sagte er dann.

»In meinem Apartment wäre Platz für dich, wenn du nicht mehr als zwei oder drei Schrankkoffer hast.«
Sie nahm die Sonnengläser ab und starrte ihn mit einem neugierigen, abschätzenden Blick an. »Tut mir leid«, sagte sie dann, was sie für seinen Geschmack ein bißchen zu häufig sagte, aber diesmal sah es aus, als ob sie es auch meinte.
»Das heißt unverschlüsselt, daß du nicht willst?«
»Ich kann nicht«, bedauerte sie. »Ich habe zu tun. Viele Leute besuchen und so. Es wäre schön gewesen.«
»Na, dann vielleicht ein anderes Mal«, sagte Drago. »Wie wäre es heute abend mit einem Dinner?«
Ihre Hüfte lag erneut an seinem Oberschenkel, als sie zusagte. Viju Drago bestellte neue Grappas, um ihr Versprechen zu feiern. Es schien, als ob sie tatsächlich nur in den Ferien seien und keine Probleme hätten.

Drago kleidete sich an diesem Abend etwas sorgfältiger als gewöhnlich. Zu seiner weißen, offenen Jacke trug er ein dünnes schwarzes Hemd mit Stehkragen sowie weitfallende schwarze Hosen aus sehr weichem, teurem Material. Am Ringfinger der linken Hand trug er einen schweren Siegelring in Form eines geflügelten Drachen von Draconis Prime; hinter dem Feuer sprühenden Stirnauge verbarg sich die Optik einer Mikrokamera, die das, was sie aufnahm, in einem Datenkristall speicherte.
Cyril war in Schwarz, mit einer schweren Howalgoniumkette um den Hals; ihr langes Haar trug sieIm Nacken zu einem Zopf gebunden. Jeder sichtbare Quadratzentimeter ihrer seidig braunen Haut glänzte von Howalgoniumflitter.

Sie saßen an einem Tisch auf einer Empore mit Blick auf die Hotelbar. Cyril erzählte Belangloses aus ihrem Leben – zumindest versuchte sie, ihm glauben zu machen, daß es ihr Leben war –, winkte hin und wieder flüchtig noch flüchtigeren Ferienbekanntschaften zu und konnte doch Drago nicht eine Sekunde lang täuschen. Er nickte zu ihren Plaudereien und versuchte dreierlei: sich aus ihren Äußerungen ein besseres Bild ihrer Persönlichkeit zu machen, die Gäste abzuschätzen und gleichzeitig nach den bekannten Anzeichen Ausschau zu halten, die Gefahren signalisierten.
Nicht eine Sekunde gab er sich der Illusion hin, sein Leben wäre ungefährdet. Seit er diesen Auftrag übernommen hatte, versuchte er nur, das Ausmaß der Gefahren abzuschätzen, die ihn erwarteten.
Drago blickte über Cyrils gebräunte Schulter hinweg hinunter zur Bar. Schließlich wurde er fündig: Am anderen Ende der Hotelbar saß ein breitschultriger Mann, ganz in dünnes, teures Leder gekleidet, das unter der Beleuchtung opalisierend schimmerte. Er wirkte amüsiert und selbstsicher, als gäbe es kaum ein Problem, mit dem er nicht fertig würde. Wie er so dasaß, erinnerte er an eine Ophidia, die sich auf heißem Granit sonnte. Er hielt ein Glas in der Hand, das sich vergleichsweise zierlich in seinen kräftigen Fingern ausmachte, trank aber kaum und gab sich den Anschein gelangweilten Desinteresses.
Trotzdem war er nur damit beschäftigt, Cyril und Drago nicht aus den Augen zu lassen. Sogar aus der Entfernung konnte man aus seinem Verhalten und seinem Gesicht erkennen, daß von ihm Schwierigkeiten

zu erwarten waren. Drago hegte hinsichtlich seiner Person keinerlei Zweifel.
Wie nebenbei sagte er zu Cyril: »Orbana hat mir einmal ein paar unvergeßliche Tage beschert. Ich wohnte im Sternenpalais'. Die Antigrav-Lifte sind riesig wie die von Schlachtschiffen der LFT.«
Cyril hatte gut gegessen und weder den köstlichen blauen Pontichos-Wein noch den vorzüglichen andorianischen Grappa ausgeschlagen. Aber nichts von alledem hatte ihr die Zunge gelöst.
»Ich kenne das 'Sternenpalais' nicht. Ich habe Orbana lediglich als Zwischenstopp benutzt«, bedauerte sie.«
Drago bemerkte: »Du scheinst ebenfalls herumzukommen ...«
»Ja.« Es war nicht so einfach, wie sie es sich vermutlich vorgestellt hatte, nett zu sein, um Drago bei Laune zu halten, und ihm gleichzeitig zu sagen, er solle sich gefälligst um seine eigenen verdammten Angelegenheiten kümmern. »Es tut mir leid, Viju. Ich bin nicht so gut drauf. Vielleicht ein anderes Mal.«
Er legte seine Hand über ihre Finger. »Natürlich«, sagte er verständnisvoll. »Ich sollte wirklich nicht so neugierig sein.«
Auch sie hatte die Schlange gesehen und versuchte, das zu verbergen, indem sie standhaft in eine andere Richtung blickte. »Hättest du etwas dagegen aufzubrechen, Viju? Ich bin ein wenig müde.«
Es war längst zu spät.
Der Mann hatte die Empore mit zwei mächtigen Schritten genommen, stand neben ihr, der Drink in seinem Glas schwappte nicht einmal. Er schenkte ihr ein Lächeln, das tadellose, strahlend weiße Zähne enthüllte.

»Cyril!« sagte er in einem Tonfall, als ob er sie an diesem Abend zum erstenmal sähe. »Kindchen! Bin ich froh, dich zu sehen.« Er war kein sehr überzeugender Schauspieler. Und seine Freude wirkte aufgesetzt.
Drago war höflich aufgestanden, und sie deutete auf ihn. »Zano, das ist Viju Drago, Viju, Zano, mein ... mein Bruder.«
Drago bewunderte ihre schnelle Reaktion; für eine aus dem Ärmel geschüttelte Erklärung war das wirklich nicht schlecht.
Zano sah Drago an, als ob dieser ihm den syntronischen Impulsgeber zu seiner Rennjacht geklaut hätte. Dann drehte er ihm seinen Rücken zu. Er klang ungeduldig, als er sagte: »Ich habe mit dir zu sprechen, Kleines.«
Ihre Miene zeigte ängstliche Unentschlossenheit, ja fast Furcht, die Drago ein wenig zu dick aufgetragen vorkam. Es gehörte garantiert zum Spiel. Trotzdem beschloß er einzugreifen, indem er ihren Bruder freundlich lächelnd mit dem Zeigefinger anstieß.
»Nein«, sagte er. »Nicht jetzt! Die Dame gehört zu mir.«
Zano Quillian schnellte herum und sah von einer Sekunde zur anderen um ein vielfaches unfreundlicher aus. Er musterte Drago mit kalten Augen, registrierte dessen Abendanzug, die wuchtigen Ringe an seinen Fingern, und ein winziges Zucken seines linken Mundwinkels verriet, was er dachte. Er hätte zwar keine Erklärungen nötig gehabt, denn man sah ihm an, daß er ein As in allen bekannten terranischen und vermutlich auch in ein paar außerirdischen Kampfsportarten war, gab aber Drago trotzdem eine.

»Hör zu, Lackaffe. Sie … sie ist meine Schwester«, sagte er mit einer unmerklichen Pause, »zieh also Leine!« Er griff sich vom Nachbartisch einen Stuhl und setzte sich. Dann winkte er einem Robotkellner. »He! Ein paar Drinks an diesen Tisch.« Seine Manieren ließen ebenfalls zu wünschen übrig.

Drago setzte sich ebenfalls wieder; außer ihn niederzuschießen oder ihm den Kopf einzuschlagen, sah er im Augenblick keine andere Alternative. Allerdings wäre das mit Sicherheit der schnellste Weg gewesen, am nächsten Tag nicht nach Terra fliegen zu können.

Pontichos II war zwar eine Ferienwelt mit entsprechend lockeren Sitten und Gebräuchen, aber die lokale Ordnungsmacht war bekannt für ihre Effektivität und Skrupellosigkeit, wenn es darum ging, Gewaltverbrechen zu ahnden. Ganz abgesehen davon, daß er keine Waffe dabeihatte; zumindest keine Schußwaffe. So zündete er sich einen neuen Zigaretten-Ersatz – absolut ungefährlich für die Gesundheit – an, legte die Hände zusammen und drehte an seinem Siegelring.

Dabei betrachtete er die Schlange durch den Rauch hindurch. Zum ersten Mal konnte er sich Zano Quillian genauer ansehen. Er hatte einen durchtrainierten Körper. Sein hartes Gesicht mit dem olivfarbenen Teint besaß scharf geschnittene Wangen. Das Haar war straff nach hinten gekämmt, schwarzweiß gesträhnt und im Nacken zu einem neckischen Zöpfchen gebunden. Abgesehen von seinen fehlenden Manieren war er, unvoreingenommen betrachtet, nicht unattraktiv. Und hatte so gar nichts von seiner Schwester. Der Blick seiner gelben Augen war hinterhältig und gleichzeitig

wach und aufmerksam, aber trotzdem nicht aufmerksam genug, um zu bemerken, daß er von Dragos Mikrokamera im Siegelring aufgenommen wurde.
Drago hob sich die Beleidigungen für später auf und sagte zu Cyril: »Möchtest du gehen?« Bevor sie antworten konnte, wandte sich Zano erneut ihm zu. »Ich dachte, ich hätte dir zu verstehen gegeben, du sollst abhauen, Freundchen«, sagte er irgendwie irritiert. »Geh, verschwinde einfach!«
»*Bitte*, Viju«, sagte Cyril. »Es ist mir sehr peinlich ...«
»Nein«, sagte Drago gelassen. »Auch wenn er dein Bruder ist, ich mag ihn nicht. Gibt es irgendeinen vernünftigen Grund, weshalb ich weiter höflich zu ihm sein soll?«
Wahrscheinlich sah sie, wie die Situation zu eskalieren drohte. Deshalb legte sie schnell ihrem Bruder die Hand auf den Arm. »Zano«, bat sie. »Bitte, kann ich später mit dir sprechen?«
Daß sie so flehentlich mit einem Ekelpaket wie Zano redete, erfüllte Drago mit Zorn.
Der Robotkellner war gekommen, in seinem Schlepptau das summende Buffet, und projizierte die Getränkekarte in einem Holo.
»Vurguzz ohne alles«, sagte Quillian. »Und du, Kleines?« fragte er Cyril.
Sie schüttelte ablehnend den Kopf. »Nichts.«
Für einen Augenblick herrschte gespanntes Schweigen, bis der Servo den Vurguzz serviert hatte.
»Bitte, Zano!« sagte sie dann noch einmal, diesmal drängender. Und dann, für Drago völlig überraschend, verzerrte sich ihr Gesicht vor Schmerz.
Einen Augenblick war Viju verwirrt, bis er sah, was

geschehen war: Zano Quillian hatte die Rechte seiner Schwester zwischen seine Finger genommen und preßte die ihren wie in einem hydraulischen Schraubstock zusammen. Er sah dabei Drago an und bleckte seine tadellosen Zähne, während er offensichtlich den Druck noch verstärkte.

Cyril stieß einen winzigen Klagelaut aus.

Drago langte über den Tisch, legte seine linke Hand wie in einer freundschaftlichen Geste auf Quillians freien Arm, exakt an der Stelle, wo dessen Handgelenk aus den Ärmel der Jacke ragte. Aus dem winzigen Zylinder, den er zwischen den Fingern verborgen hielt, schoß eine etwa eine Handbreit lange, fadendünne blaue Lanze. Die Luft begann leise zu knistern. Leichter Ozongeruch machte sich bemerkbar.

»Hör zu, du mieses Arschloch«, sagte Drago gelassen. »Wenn du nicht sofort die Dame losläßt, darfst du dir auf Mimas eine neue Hand annähen lassen. Kapiert?«

Quillian blinzelte nicht einmal. Seine Überraschung zeigte er lediglich durch ein kleines, überraschtes Rucken seiner Augenbrauen. Aber er ließ Cyrils Hand los. Einen Moment starrte er auf den glühenden Faden, der noch immer dicht über seinem Handgelenk summte und vibrierte wie ein bösartiges Insekt, dann sah er Drago an, lächelte verkniffen und nickte.

Der Faden zog sich in den Zylinder zurück.

Quillian stand auf; er war ein zu gefährlicher Mann, um sich lautstark zu äußern. Was er sagte, sagte er im lässigen Plauderton.

»Okay, Viju-Boy. Dies hier ist nicht der richtige Ort. Aber sei versichert, du hörst bald wieder einmal von mir.«

Er drehte sich um und ging. Kaum jemand der anderen Gäste hatte Notiz von dem Vorfall genommen. Ein Profi. Trotz der schlechten Manieren.
Drago sagte: »Reizenden Bruder hast du.«
Cyril ergriff seine Hand. »Danke, Viju«, sagte sie halblaut. »Ich bin so froh, daß du es nicht getan hast.«
»Wenn er mich dazu gezwungen hätte, hätte ich's getan, keine Frage.« Er lächelte sie an. »Du bist ja noch ganz aus der Fassung. Und so was ist dein Bruder?«
Sie blickte ins Leere, während er ihre Hand hielt. Dann sagte sie: »Zano ... ja, nein ..., eigentlich ist er nicht mein leiblicher Bruder.«
»Ach ja?« Drago blickte interessiert.
»Nein. Die Familie hat ihn bei einem Aufenthalt auf Nieuw VII adoptiert.«
Nieuw VII, eine Außenwelt im System der Sonne Nieuw Prime, am Rande der Westside der Milchstraße. Und gleichermaßen ein Synonym für Schrecken und Isolation. Drago wußte einiges über jene »Dunklen Jahrhunderte«, in denen sich das Sternenreich der Menschheit in einem desolaten Zustand befand, von den Cantaro beherrscht und unterdrückt. Überall wimmelte es nur so von geklonten Spezies, von syntronisch-mechanischen Söldnern. Jenen willfährigen Werkzeugen, die unter der Herrschaft Monos' Jagd auf die Menschheit machten.
Das Ende von Monos' Tyrannei im Jahre 1149 NGZ bedeutete faktisch auch das Ende der Cantaro – was aber nicht hieß, daß sie von heute auf morgen aus der Milchstraße verschwanden. Schon gar nicht aus dem Nieuw-Prime-Quadranten, in dem willfährige

Randvölker, die die Cantaro bei ihren Eroberungsfeldzügen unterstützten, überhaupt nicht daran dachten, ihre unrechtmäßig erworbenen Machtstellungen aufzugeben.
»Du kommst aus dem System Nieuw Prime?«
»Ja«, sagte sie einsilbig und machte den Anschein, als spräche sie nur ungern darüber. Doch dann entschied sie sich, noch etwas hinzuzufügen. »Es ist eine ziemlich lange Geschichte, die etwas unglaubhaft klingt. Vielleicht werde ich sie dir erzählen. Vielleicht auch nicht. Vor allem aber nicht jetzt.«
Drago ahnte die Betroffenheit hinter diesen sachlichen Worten.
»Jedenfalls«, meinte er, »verstehe ich jetzt, weshalb er ein derart ungehobeltes Benehmen an den Tag legt.«
Ein merkwürdiges Lächeln erschien auf ihrem Gesicht, sie fuhr fort: »Da er älter ist als ich, wurde ihm die Rolle des Beschützers auferlegt. Er nimmt sie wörtlich, fast zu wörtlich. Er verfolgt mich auf Schritt und Tritt. Und ...« Cyril verstummte.
»Und was?« bohrte er und zeichnete mit dem Fingernagel imaginäre Linien auf ihre Handfläche.
Sie zögerte einen Augenblick. Dann sagte sie: »Seit er weiß, daß wir nicht blutsverwandt sind, stellt er mir nach.«
Drago runzelte die Stirn. »Du meinst doch nicht, daß er dir in mehr als nur brüderlicher Liebe zugetan ist?«
Sie nickte.
»Du wirst ihn dir vom Leibe zu halten wissen, nehme ich mal an«, sagte er.
»Wollen wir nicht von was anderem sprechen?« wechselte sie das Thema.

»Aber ja, nichts lieber als das. Wir haben noch eine Menge Zeit bis zu meiner Abreise morgen früh.«
»So bald?« Ihre Enttäuschung wirkte echt.
»Noch ein paar Drinks, um zu vergessen?«
Aber auch das klappte nicht.
Obwohl sie sich benahm, als wäre Drago der Mittelpunkt ihrer Welt, war irgendwie kein Leben darin. Wie es schien, hatte Zano Quillians Auftritt ihre Stimmung gründlichst vermasselt. Und so brachen sie nach einer halben Stunde auf.
Cyril redete wenig und schien tief in Gedanken versunken, während er sie bis zur Tür ihrer Suite begleitete. Er schloß auf und wartete. Sie küßte ihn auf die Wange. Es war nicht gerade umwerfend nach alldem, was sie ihm durch ihr Verhalten in den letzten vierundzwanzig Stunden versprochen hatte.
Drago sagte: »Es waren wundervolle Tage, Cyril. Ich werde dich sicherlich vermissen.« Dann machte er auf dem Absatz kehrt.
Er sah sie vor seiner Abreise nicht wieder. Auch nicht ihren Bruder.
Oder um wen auch immer es sich bei ihm handeln mochte.

Kapitel 4

Terrania City, Erde, Juni 1211 NGZ

Über Terrania herrschte eine klare Nacht.
Schon als die CATAÑA in die Erdatmosphäre eintauchte, sah Drago die Megalopole auf den Kabinenschirmen. Die Stadt schmiegte sich in ihren Gröngürtel wie ein Sternenkollier in eine mit Samt ausgeschlagene Schatulle.
Die Syntronik setzte das Dreihundert-Meter-Schiff weich wie eine Feder auf die weitgespannte Landefläche nieder; exakt auf dem zugewiesenen Platz der Runway dockte der Raumer an.
Kurz nachdem die Triebwerke verstummt waren, ging Drago von Bord. Sein Gepäck bestand lediglich aus einer großen Reisetasche. Er wählte einen der schnellen unterirdischen Zubringer und tauchte kurze Zeit später zusammen mit den übrigen Passagieren der CATAÑA in der Haupthalle des Verkehrsraumhafens Terranias aus dem Schacht wieder auf.
Die riesige, halbkugelförmige Halle des zentralen Bereichs des Raumhafens beherbergte ein Tohuwabohu von Reisenden und Besuchern unzähliger Planeten. Statistischen Erhebungen zufolge hielten sich ständig etwa zehntausend Reisende hier auf. Überwiegend Menschen terranischer Abstammung.
Unter der weitgespannten, lichten Kuppel herrschte ein

babylonisches Stimmengewirr; Musik aus Akustikfeldern vermischte sich mit den Durchsagen in Interkosmo und einer Vielzahl anderer galaktischer Verkehrssprachen. Terrania war in jeder Hinsicht eine kosmopolitische Stadt, in der es keine kulturellen Schranken gab. Cafeterias und Souvenirläden, Bistros und exklusive Restaurants säumten die Halle, luden zu kurzem Verweilen ein; die Schalter der verschiedenen Raumfahrtgesellschaften boten Passagen zu allen Plätzen der Lokalen Gruppe.

Drago blieb kurz auf der etwas überhöhten Ebene stehen. Automatisch glitt sein Blick über die ihn umgebende Menge. Es gab eigentlich keinen Grund dafür, aber in den Jahren, in denen er für SOLEFT arbeitete, war es ihm zur Gewohnheit geworden, in Menschenansammlungen einzelne Gesichter zu betrachten. Man wußte ja nie, woher die Kugel oder die Explosivnadel eines Attentäters kommen konnte. Doch die Leute hier waren nur darauf aus, Reisende zu begrüßen oder zu verabschieden.

Mit einem Achselzucken setzte er sich wieder in Bewegung. Er durchschritt die weitgespannte Kuppelhalle und lenkte seine Schritte zielbewußt zu den rollenden Treppen, die hinunter zur Ebene der Rapidbahnen führten. Plötzlich spürte er, wie sich seine Rückenmuskeln verhärteten. Er verlangsamte seine Schritte und blickte suchend umher, wie jemand, der einen Freund oder Bekannten erwartete, von dem er abgeholt werden wollte.

Das Gefühl wurde sofort Realität.

Zu seiner Rechten erblickte er einen Ferronen, der das Objektiv seines APS-Kom ein wenig zu hastig auf einen riesigen Bewohner von Orris richtete, der, seine vielfarbigen Flughäute dekorativ um sich drapierend, es sichtlich genoß, Mittelpunkt des allgemeinen Interesses zu sein. Der Ferrone machte alle Anstrengungen, den Eindruck eines bildwütigen Touristen zu erwecken, aber Drago war sich sicher, daß er das eigentliche Objekt der syntronischen Aufzeichnung gewesen war.

Dazu hätte es nicht mal des zweiten Mannes bedurft, der neben dem Bewohner von Ferrol stand und Drago unverwandt anstarrte. Er war hochgewachsen, braun gebrannt, mit scharfen Linien im hageren Gesicht. Schwarze Augen fixierten Viju mit unverhüllter Drohung. Für einen Augenblick schien die Szene wie in einer Standbild-Sequenz erstarrt. Dann schob sich eine Gruppe lärmender junger Leute zwischen Drago und die beiden Männer, und als die Sicht wieder frei war, war von ihnen nichts mehr zu sehen.

Drago furchte die Stirn, während er sich umwandte und von der Rolltreppe nach unten tragen ließ, hinein in den lichterfüllten Verkehrskreisel der Rohrbahnen. Er orientierte sich kurz an den holographischen Piktogrammen und Zeitanzeigen. Dann betrat er den schlanken, silbernschimmernden Zug und setzte sich ins Abteil.

Während er auf die Abfahrt wartete, beschäftigte ihn die Frage, weshalb jemand so großen Wert auf eine digitale Aufzeichnung von ihm legte. Ihm war klar, daß Zano Quillian kein Mann war, den man einfach so mit einem Lasermesser abschütteln konnte. Aber so bald schon eine Reaktion? Das würde bedeuten, daß die Schlange sich entweder an Bord der CATAÑA verbor-

gen hatte, was sehr unwahrscheinlich war, er hatte in der Passagierliste keinen Hinweis auf Quillians gefunden, oder aber mit einem anderen Raumschiff schon vor der CATAÑA angekommen sein mußte.
Doch zwei Handlanger? Noch unwahrscheinlicher. Dieser Quillian hatte eigentlich den Eindruck gemacht, als wäre er in der Lage, seine Händel selbst auszutragen. Was hatte er noch auf Pontichos II gesagt: »Dies ist nicht der richtige Ort … aber du hörst von mir.«
Drago war sich nahezu sicher, daß der Raumhafen definitiv *nicht* der richtige Ort war.
Aber wer sonst konnte Interesse an seiner Person haben? Die Leute, die hinter Cyril an den Drähten zogen? Oder lag er ganz falsch mit seinen Vermutungen, und jemand aus seiner Vergangenheit wollte eine noch immer offene Rechnung auf diese Weise begleichen? Wenn ja, dann genügten ein paar Worte mit Kerim, und das Problem würde nicht mehr vorhanden sein. Der Zug ruckte an, beschleunigte und tauchte mit einem Fauchen verdrängter Luft ein in die Xenonbläue der Röhre.
Zehn Minuten später stieg Drago eine Station vor seinem eigentlichen Ziel aus; hell erleuchtete Rolltreppen brachten ihn nach oben. Auf der anderen Straßenseite begann der kleine Park, der die Wohntürme der Deneb-Apartments umschloß.
Er überquerte die Straße, schwenkte in den schmalen Kiesweg ein, der sich im Licht des Mondes weiß schimmernd wie ein verwunschener Bachlauf durch das gepflegte Grün wand, und genoß die plötzliche Stille; die Menschenströme waren versickert. Nur hin und wieder begegnete er anderen einsamen Gestalten.

Feiner Nebel hing zwischen alten Eukalyptusbäumen und riesigen Platanen. Der Lärm der Metropole klang hier eigentümlich gedämpft.
Drago sah auf die Uhr. Zwei Uhr nachts.
Er ging über den Vorplatz auf die breiten Glastüren zu, die bei seinem Näherkommen zischend auseinanderfuhren. Er war überrascht, daß niemand versucht hatte, im Park über ihn herzufallen. Eine bessere Gelegenheit wie diese würde er ihnen so schnell nicht wieder bieten.
In der Lobby war es ruhig; die Geschäfte waren zwar offen, doch niemand war darin zu sehen. Der Portierrobot in seiner Nische rührte sich nicht. Einer der fünf nach oben führenden Schächte der Antigravanlage nahm ihn auf; er verließ ihn zweiundsiebzig Stockwerke höher. Seine Schritte waren auf dem Kunstfaserbelag, der hier den viereckigen Vorplatz um Treppenhaus und Antigravschächte bedeckte, unhörbar.
Sekunden später war er vor der Tür seines Apartments angelangt. Er legte in Schulterhöhe die linke Handfläche auf den Transponderkontakt und wartete darauf, daß die Kunststoffplatte zur Seite glitt und ihn einlud einzutreten.
Sie mußten von oben gekommen sein. Mit einem Gleiter, über die Landeplattform. Und dann die restlichen paar Etagen die Treppe herunter. Der eine sicherte den Fluchtweg weiter oben, der andere näherte sich Drago. Das Geräusch im Treppenhaus war fast unhörbar; ein Geräusch, das entsteht, wenn sich Stoff an Stoff reibt.
Trotzdem genügte es für Viju Drago.

Sein Körper reagierte in der Zeitspanne eines Wimpernschlages. Die Tasche glitt von seiner Schulter, und gleichzeitig warf er sich waagerecht zur Seite. Im Sprung schlossen sich seine Arme, bildeten einen Kreis, dem sein Körper in einem Vorwärtssalto folgte. Hinter ihm war es dem Angreifer nicht mehr gelungen, seinen raschen, kräftigen Schlag abzustoppen. Er hatte das Gleichgewicht verloren, fiel nach vorn gegen die Wand.
Ein Entladungsgewitter tauchte für Sekundenbruchteile den Vorplatz in grelles Licht, als der Neuro-Stab in der Hand des Unbekannten nicht das Opfer, sondern die metallene Einfassung des Türkontaktes traf und die zuckende Energieentladung zwischen Wand und Körper hin und her sprang wie eine zustoßende Viper.
Als Drago wieder auf die Beine kam, schien der Ferrone – um ihn handelte es sich zweifelsfrei, wie Drago registrierte – eine lange Zeit an der Wand zu kleben, geschüttelt von den elektrischen Entladungen. Erst als die Sicherheits-Syntronik den Energiefluß im Türkontakt unterbrach, sackte er wie eine Marionette aus einem altertümlichen Puppentheater in sich zusammen.
Drago war zu diesem Zeitpunkt schon nach oben gerannt, die Treppe hinauf zum Dach, wohin der zweite Mann offenbar das Weite suchte, nachdem er erkennen mußte, daß seinem Partner kein Erfolg beschieden war. Viju hatte fast die oberste Etage erreicht, als er ein Geräusch hörte: Jemand hatte die Tür zur Dachterrasse geöffnet.
Sekunden später erreichte er selbst die breite Tür, die ins Freie hinausführte. Sie war offen. Er wartete sekun-

denlang, dann glitt er vorsichtig durch die Öffnung. Vor ihm lag das Flachdach, unterbrochen nur von der Landeplattform, den niedrig umfriedeten Lichtschächten sowie den Kaminen der Geothermik, mit der der Wolkenkratzer klimatisiert wurde. Die Antikollisionslampen an ihren Masten spendeten mattes Licht, außerdem war die Plattformbefeuerung in Betrieb. Das Dach war leer, soweit Drago sehen konnte, bot aber genügend dunkle Ecken für jemanden, der sich verbergen wollte. Von seinem Standpunkt aus konnte er sehen, daß sich niemand im Gleiter aufhielt; die Innenbeleuchtung war an. Offenbar stand die Kabine einen Spalt offen.
Wo war der zweite Mann?
Drago huschte schnell und geschickt über die freie Fläche und tauchte im Schatten unterhalb der mannshohen Terkonitstützen der Landeplattform unter, jeden Augenblick darauf wartend, daß von irgendwoher eine Energieentladung auf ihn zu zuckte. Doch nichts dergleichen geschah.
Die Nacht war kühl; ein kräftiger Wind strich über die Dachfläche und erzeugte surrende Geräusche an Ecken und Vorsprüngen. Dann mischte sich in diesen Ton ein anderer, raschelnder Laut. Es kam von links, nahe der Brüstung, hinter der es senkrecht dreihundert Meter in die Tiefe ging. Drago fuhr herum – aber es waren lediglich ein paar wirbelnde Blätter, die von den aufsteigenden Thermikwinden nach oben getragen worden waren und …
Diesmal übersah er den noch dunkleren Schatten unter den anderen Schatten und überhörte auch das Geräusch.

Jemand trat blitzschnell hinter einer der Plattformsäulen hervor, riß Dragos linken Arm nach hinten und oben und schlug ihm gleichzeitig wuchtig mit einer eisenharten Handkante gegen die Halsschlagader. Dieser Hieb hätte einem weniger vorbereiteten Mann sicher die Halswirbel gebrochen.
Doch Dragos antrainierte Reflexe und sein gedankenschnelles Reagieren vereitelten dieses Vorhaben. Er zog die rechte Schulter hoch, trat nach hinten aus und registrierte befriedigt den unterdrückten Schrei in seinem Rücken. Doch unmittelbar darauf drosch ihm der Angreifer eine Faust zwischen die Schulterblätter. Der Schlag war einer von denen, die mit den Knöcheln treffen, die alle Kraft übertragen, die der andere aufzubringen vermag, und die einem das Rückgrat brechen können.
Drago taumelte, steckte einen zweiten Hieb ein, der ihn von den Füßen riß. Er krachte mit dem Gesicht voran auf den Boden und schrammte sich die Nase an der Dachbrüstung blutig. Während er versuchte, seine Glieder unter den Körper zu ziehen, schüttelte er den Kopf, um seine Gedanken zu ordnen. Sein Versuch, sich auf seine Kampfkünste zu besinnen, wurde von einem Tritt in den Magen zunichte gemacht. Wie eine Woge schlug die Übelkeit über ihn zusammen. Staub und Dreck knirschten unter den Sohlen des Angreifers, als er sich zu einem erneuten Tritt näherte.
Drago rollte sich zur Seite und richtete sich halb auf. Im Hocken schoß er einen Vorwärtstritt auf die Gestalt ab, der Spann traf aber nur die Außenseite des Unterschenkels. Drago selbst mußte einen Tritt in den Solarplexus einstecken, der ihm die Luft nahm.

Keuchend krümmte er sich zusammen, würgte, streckte die Hände aus und grub die gespreizten Finger wie Dolche in die Weichteile des Gegners, der noch immer über ihm stand und jetzt laut aufstöhnte.
Eine Hand wischte durch die Luft und traf ihn an der rechten Gesichtshälfte. Funken sprühten vor Dragos Augen. Doch seine Reaktionen, im harten Training geübt und zur Vollendung gebracht, verhinderten Schlimmeres. Er rollte sich von seinem Gegner weg, um den Fußtritten zu entgehen. Aus den Augenwinkeln sah er einen Stiefel auf sich zukommen, packte zu und riß den Mann halb von den Füßen.
Dann standen sie sich keuchend und nach Luft ringend gegenüber, und Drago erkannte in der Silhouette den zweiten Mann des Duos vom Raumhafen. Ob vielleicht doch Quillian dahintersteckte, oder wer sonst konnte die beiden Killer auf ihn angesetzt haben?
Jetzt sprach der Angreifer zum ersten Mal. »Du hast meinen Partner umgebracht, du Hundesohn. Das war gar nicht nett von dir.« Er stieß die Worte mit einer tiefen, schleppenden Stimme in kurzen, abgehackten Stößen hervor. »Jetzt werde ich dich genauso fertigmachen, wie du es mit ihm getan hast.« Er griff in seinen Stiefelschaft und zog eine kurze, stark geschweifte Klinge hervor.
»Aber nur, wenn du weniger blöd bist, als du aussiehst, was ich stark bezweifle«, erwiderte Drago.
Er zwang sich die paar Sekunden, während denen er sprach, zur Entspannung. Er hatte nicht erwartet, seinen Gegner so leicht reizen zu können, aber der Mann rannte wutschnaubend auf ihn zu, den Dolch wie eine Stoßwaffe führend.

Drago wich zur Seite aus; die Klinge glitt über seine linke Schulter ins Leere. Er drehte sich auf dem rechten Fuß und packte das Messerhandgelenk, zog es auf sich zu, wobei er in die Hocke ging, auf den Rücken rollte, das linke Bein in den Unterleib des Gegners stemmte und ihn mit einer fließenden Bewegung über sich hinwegschleuderte. Er flog in hohem Bogen über Drago hinweg und schlug mit dem Becken auf die Brüstung.

Als Drago wieder auf die Beine kam, rutschte der Angreifer gerade wie in Zeitlupe mit zappelnden Gliedern ganz über die Brüstung und verschwand mit einem Schrei in der Dunkelheit. Es war ein fast unmenschlicher Schrei. Eine Mischung aus heißer Wut, Überraschung und Todesangst, als er erkennen mußte, daß die an den Fenstern permanent vorhandenen Rückhaltevorrichtungen für den Dachbereich außer Kraft gesetzt waren; sie wurden nur bei Wartungsarbeiten aktiviert.

Es dauerte geraume Zeit, ehe er aus der Tiefe ein Geräusch hörte, das stark an brechende Äste erinnerte.

Drago klopfte vorsichtig Staub und Dreck von seiner Kleidung. Sein Körper bestand zur Zeit nur aus Schmerzen, die glühende Pfeile gegen seine Nerven schickten. Nach zwei, drei Minuten hatte er sich so weit erholt, daß er seine nächsten Schritte überdenken konnte. Er ging nach unten.

Der Ferrone lag noch vor seiner Tür; die blaue Hautfarbe hatte sich verändert, war fahl und blaß geworden. Der Mann war tot.

Drago tastetc seine Taschen ab und war sich im klaren darüber, daß er nichts finden würde. Die Kleidung, die

er trug, besaß keinerlei Herstellungsmerkmale; sie konnte überall angefertigt sein. Hier, auf Arkon oder auf Olymp. Der Tote trug auch sonst nichts Persönliches bei sich.
Er ließ ihn liegen und ging in sein Apartment. Von dort rief er Kerim auf dessen Geheimfrequenz an. Ein paar Sekunden verstrichen, dann erschien sein Gesicht auf dem Schirm. Trotz der fortgeschrittenen Nachtstunden meldete er sich mit einem unverbindlichen »Ja?«
»Kann ich sprechen, Kerim?«
Pinpoint sagte wieder: »Ja.« Dann: »Was ist geschehen?«
»Da gibt es ein Problem. Ich wurde erwartet.«
»Bekannte?« Drago begegnete dem prüfenden Blick von Kerims Augen.
»Keine Bekannten.« Drago zuckte mit den Achseln und verzog schmerzlich das Gesicht. Dann berichtete er in dürren Worten, was vorgefallen war. Abschliessend fragte er: »Was soll ich unternehmen?«
Pinpoint benötigte nur Sekunden, um zu überlegen. Dann sagte er: »Gib mir fünfzehn Minuten. Ruf dann die Polizei und melde den Überfall. Offensichtlich haben Einbrecher versucht, dir eines deiner wertvollen Bilder zu stehlen. Dies als Hinweis darauf, wie du dich den Ordnungshütern gegenüber verhalten sollst.«
Er trennte die Verbindung.

Über Terrania City zog ein wunderschöner Morgen herauf. Drago stand auf der Loggia seines Apartments und fühlte weder Erschöpfung noch Müdigkeit. Statt dessen war er von einer unbestimmten Nervosität erfüllt, die sich irgendwann entladen würde.

Vom Militärraumhafen stieg ein kugelförmiger Riese auf; ein 800 Meter durchmessender Gigant der PAPERMOON-Klasse. Nachdem er die Dämmerungsgrenze passiert hatte, war er deutlich und klar im frühen Licht der Sonne zu sehen. Drago blickte dem Raumriesen nach, bis er im Blaßblau des Firmaments verschwunden war, an dem die Sterne gerade noch sichtbar waren.
Fröstelnd sog er die frische Morgenluft tief in seine Lungen und blickte hinunter in den Park, der zu dieser frühen Stunde verlassen und still dalag. Leichter Nebel trieb durch die Baumkronen.
Jemand räusperte sich in der Tiefe des Wohnraumes. Drago wandte sich um.
Sam Laird, zuständiger Leiter der Sektion Gewaltverbrechen für diesen Teil Terranias, näherte sich ihm. »Unsere Untersuchungen sind soweit abgeschlossen«, sagte er in seiner abgehackten Sprechweise und unterdrückte nur mit Mühe ein Gähnen.
Sie waren eine halbe Stunde nach Dragos Gespräch mit Pinpoint aufgetaucht. Fünf Mann hoch; Sam Laird, sein Assistent und Stellvertreter Kartz, ein Fotograf, dann der Spezialist der Spurensicherung sowie der Gerichtsmediziner. In ihrem Schlepptau vier Polizeiroboter. Drei der wuchtigen Maschinen in ihren dunkelroten Rüstungen aus Carbon-Terkonit sicherten den Eingangsbereich und die Antigravlifte, der vierte stand draußen vor Dragos Apartment.
Die Leichname der beiden Killer waren von den Medorobotern bereits weggeschafft worden.
Drago hatte seine Aussage gemacht; niemand schien sie zu bezweifeln. Er war beeindruckt von der

Schnelligkeit und Routine, mit denen die Beamten die Spuren sicherten. Die Ergebnisse wurden von faustgroßen, flugfähigen Protokollanten, drei an der Zahl, die durch die Räume schwebten und alles aufzeichneten, an das Netzwerk der großen Zentralsyntronik des Polizeipräsidiums von Terrania City und von dort zu NATHAN weitergeleitet.

»Und zu welchem Ergebnis ist man gekommen?« fragte Drago.

»Sekunde, bitte!«

Laird wurde vom Gerichtsmediziner, der ihn zur Seite nahm, in eine kurze Diskussion verwickelt, deren Wortlaut Drago verborgen blieb. Schließlich wandte er sich wieder an ihn.

»Das Motiv dürfte klar sein«, beantwortete er seine Frage. »Versuchter Einbruch.« Die Miene des Einsatzleiters blieb unbewegt. Was immer er sich dachte, falls er sich etwas dachte, er sprach es nicht aus. Statt dessen sagte er: »Pech für die beiden, daß du ausgerechnet zu dem Zeitpunkt zurückgekehrt bist, als sie einzubrechen versuchten.«

Er ging zur Tür, wandte sich um und sah Drago an. Seine Schultern schienen gebeugt von der Last täglicher nervenaufreibender Routine; er konnte Drago nicht eine Sekunde täuschen.

»Hast du deiner Aussage noch etwas hinzuzufügen?« fragte er, und seine mißtrauischen Polizistenaugen fixierten ihn.

Drago verneinte. Laird hob die Schultern, als würde er frösteln. Ein Ausdruck von Fatalismus erschien auf seinem Gesicht. Er nickte seinen Leuten zu – und Minuten später war Drago wieder allein.

Unschlüssig wanderte er durch die Räume. Den Gedanken an Schlaf verwarf er; mittlerweile war es kurz nach fünf Uhr morgens. Kurz entschlossen zog er seinen Sportdreß über und bewegte sich nur wenig später mit weit ausgreifenden Schritten in vollem Lauf über die Wege des Parks rund um die Deneb-Apartments. Seine Füße machten kaum Geräusche, wenn sie auf dem Boden auftrafen.

Dreihundert Meter höher lagen die obersten Stockwerke bereits im Sonnenlicht; hier unten trieb noch Dunst zwischen den Bäumen. Die Eindrücke wischten im Zwielicht des frühen Morgen in schneller Folge an ihm vorüber. Er lief durch die gepflegte Anlage mit ihren Rasenflächen und Blumeninseln und konzentrierte seinen Blick auf den großen Zentralviadukt mit den Fußgängerbändern am Ende des Parks; dort war sein Umkehrpunkt. Einmal den Park in seinen äußersten Perimetern umlaufen und wieder zurück zum Ausgangspunkt – das bedeutete etwa sechs Kilometer.

Er lief, so schnell er konnte.

Während er seinen Atemrhythmus in Einklang mit der Geschwindigkeit brachte, beschäftigten sich seine Gedanken mit den beiden Killern. Immer wieder hatte er in den beiden letzten Stunden die Geschehnisse analysiert; seine Überlegungen hatten noch zu keinem befriedigenden Ergebnis geführt, wohl aber zu einigen Schlußfolgerungen …

Er mußte seine Geschwindigkeit etwas verringern, als er eine Gruppe junger Leute überholte, die gleich ihm das Gefühl genossen, sich in der frischen Morgenluft zu bewegen, wobei sie aber mehr Wert auf das Joggen

zu legen schienen als auf die Herausforderung, die das echte Laufen an den Organismus stellt. Dann war er wieder allein mit sich und seinen Gedanken.
Das Syndikat war eine Organisation, groß und schlagkräftig genug, die selbst in diesem vermeintlich unwichtigen Randgebiet agieren und funktionieren konnte. Es waren kaum achtundvierzig Stunden seit seiner Abreise von Pontichos verstrichen, aber schon war man ihm auf den Fersen. Offensichtlich besaß das Syndikat ein wirksames Nachrichtennetz. Vermutlich in Form von Zano Quillian beziehungsweise desjenigen, der sich hinter diesen Namen verbarg. Vieles sprach dafür, daß man Cyril nur abschirmen wollte, weil man der Ansicht war, daß jeder, der ihre Nähe suchte, eine potentielle Gefahr der Entdeckung ihrer wahren Tätigkeit bedeuten konnte. Und Drago war ihr doch recht nahe gekommen.
Aber kannte man auch seine wahre Identität? Es war kaum anzunehmen.
Er jagte über die Bogenbrücke, die den kleinen Teich überspannte, umrundete *den Brunnen der Planeten* und machte sich auf den Rückweg.
Offensichtlich hatte der Ferrone auf dem Zivilraumhafen nur deshalb ein Bild von ihm geschossen, um sich rückzuversichern, daß man auch den Richtigen beseitigte. Die Beiden waren wahrscheinlich zwei auf Terra angeheuerte Killer , die einen einfachen, aber in den Augen des Syndikats notwendigen Auftrag erledigen sollten.
Das bedeutete jedoch, daß die bevorstehende Aufgabe sogar für Drago nicht einfach war. Nicht, daß er das erwartet hätte. Er rechnete nie damit, daß Aufträge, die

er für SOLEFT erledigte, einfach, angenehm oder gar ungefährlich seien …
Schweißüberströmt gelangte er vor dem Eingang an; das masochistische Vergnügen, die zweiundsiebzig Stockwerke bis zu seiner Wohnung über die Treppen hochzulaufen, schenkte er sich diesmal. Dafür waren die Ereignisse der vergangenen Stunden dann doch ein bißchen zu strapaziös gewesen. Schwitzend und dampfend ließ er sich im Antigravschacht nach oben tragen. Auf dem Vorplatz war nichts mehr von den Spuren der nächtlichen Ereignisse zu erkennen.
Dragos Handabdruck öffnete die Tür.
Als er eintrat, wich er unwillkürlich zur Seite aus. Dann grinste er und kam sich ein bißchen albern vor. Steifbeinig humpelte er mit schmerzenden Waden ins Bad, um zu duschen und sich vom mechanischen Masseur die verkrampfte Beinmuskulatur durchkneten zu lassen …
Eine Stunde später machte er sich auf den Weg zu THE COLONIES und schaute in der Bürofluch von Drago Enterprises vorbei, in denen Alex als Generalmanagerin die Fäden für ihn zog.
»Viju! Du?« Sie tat überrascht; das tat sie übrigens immer, wenn er auftauchte. Nur um mal nach dem Rechten zu sehen, wie er sich auszudrücken pflegte. Alex verstand es vorzüglich, ihm die Illusion zu lassen, daß ohne ihn nichts funktionieren würde. Sie war noch nicht fünfzig, ausnehmend hübsch und von unschätzbarer Tüchtigkeit. Eigenschaften, die Drago über alle Maßen an ihr schätzte, neben ihren unbestreitbaren körperlichen Vorzügen.
»Ja, ja«, sagte er, »der liebe Chef persönlich.«

Er räkelte sich im bequemen Besuchersessel vor ihrem weiß und golden lackierten Arbeitstisch, und sie besprachen ungefähr eine halbe Stunde lang die aktuellen Transaktionen von Drago Enterprises. Das heißt, Alex, mit vollem Namen Alexandra McGovern, redete, während er nur zuhörte. Ihre phänomenalen Fähigkeiten in geschäftlichen Dingen machten ihm zum wiederholten Male klar, daß es für Drago Enterprises wesentlich gewinnbringender war, wenn er sich nicht allzu häufig einmischte.

Als sie mit ihren Ausführungen über die wichtigsten geschäftlichen Dinge fertig war, erkundigte er sich, ob sie die ungleich wichtigere Angelegenheit seiner Reise nach Arghiro geregelt habe, die er ihr noch von Bord der CATAÑA zu erledigen aufgetragen hatte.

Alex sagte: »Tawn!«

Ein verkleinertes Holobild ihrer Sekretärin nahm dicht über der Platte Gestalt an.

»Alex?«

»Bringst du mir bitte die Unterlagen über unsere Immobilie Port Wells auf Arghiro? Sei so lieb.«

»Natürlich«, sagte die kleine Tawn, und die lebensgroße kam gleich darauf aus der Flucht verglaster Arbeitsräume im hinteren Bereich, in denen das fahle Leuchten unzähliger Monitore gegen das Tageslicht ankämpfte, nach vorn. Alex' kostbar gestylte Sekretärin lehnte sich dekorativ und langbeinig über den Schreibtisch und legte eine dünne Mappe vor sie hin. Dabei konnte sie ihre Augen nicht von Drago wenden.

Er starrte ebenso interessiert zurück, bis ihn Alex' strenges Räuspern wieder auf den Boden der Realität

zurückbrachte. Sie schickte Tawn zurück zu Arbeit, dann warf sie ihm die Mappe zu.
»Verunsichere bitte nicht das Personal, mein Lieber«, sagte sie spitz.
Drago warf ihr eine Kußhand zu, was sie noch mehr in Rage zu bringen schien. Teufel auch, sagte er sich, Alex schien in ihn verknallt.
Falls das so war, dachte Alex aber anders; sie blitzte ihn nur kühl an. Auf die Mappe deutend, sagte sie: »Wenn du schon dort bist, kannst du gleich ein bißchen was für die Firma tun.«
Schüchtern fragte er: »Alles in Ordnung mit unserer Drago Immobilien Port Wells?«
»Was fragst du mich?« ereiferte sie sich. »Find es heraus! Fox Daroom erwartet dich in Port Wells.«
»Steht der Gleiter bereit?«
»Ich habe per Hyperfunkspruch veranlaßt, daß er von Drago Wells nach Athènee zum Raumhafen gebracht wird. Die Formalitäten sind bereits abgewickelt, sobald du dort eintriffst, kannst du starten.«
Sie schwieg einen Augenblick. Dann sagte sie: »Mußt du das machen?«
Ihre Frage berührte eine schon lang andauernde und nie wirklich beigelegte Kontroverse zwischen ihnen. Alexandra war die einzige, die eine Ahnung davon hatte, was er tatsächlich machte, wenn er immer wieder für längere Zeit verreiste, angeblich um die Immobilien zu besichtigen, die man Drago Enterprises zum Kauf anbot oder von ihnen weiterveräußert wurden. Wie gesagt, eine Ahnung, aber auch nicht mehr.
»Von müssen ist keine Rede. Ich will.«
»Willst du mir nicht endlich verraten, für wen oder was

du arbeitest? Vielleicht kann ich es dann verstehen.«
»Da gibt es nichts zu verstehen«, sagte er grober als beabsichtigt.
Er konnte ihr keinen reinen Wein einschenken, obwohl sie etwas vermutete. Aber Vermuten ist eine Sache, Wissen eine andere. So war sie wenigstens nie in Gefahr, für dieses Wissen in Schwierigkeiten zu geraten.
Sie schnappte: »Ich habe es schon oft gesagt: Warum kümmerst du dich nicht ein bißchen mehr ums Geschäft, anstatt dein Vergnügen beim Ausgeben zu finden?«
»Willst du, daß ich die Firma durcheinanderbringe? Willst du das wirklich?«
Sie schwieg.
»Na, siehst du. Also tu nicht, als ob dir wirklich was daran liegt, mich ständig um dich zu haben.«
»Ich habe zwei Passagen auf der TSCHATO vorgebucht, für Freitag, wie du es gewollt hast. Zwei nebeneinanderliegende Kabinen – ich vermute mal, es ist eine Frau.«
»Ja«, bekannte er ohne Gewissensbisse. »Aber sie ist lediglich Mittel zum Zweck. Sie soll mich nur in die Höhle des Löwen führen.«
»Du wirst in ihrem Bett landen.«
»Umgekehrt«, meinte er leichthin, »umgekehrt. Stört es dich?«
Sie schnaufte höhnisch. »Pah! Meinetwegen brauchst du deine animalischen Triebe nicht einzuschränken. Aber ich kann dir schon jetzt prophezeien, daß dich eines Tages eines dieser vielen Weiber ins Unglück stürzen wird.«

Das konnte Drago nicht bestreiten. Und so schwieg er. Da es nichts mehr zu besprechen gab, verließ er nach fünfzehn Minuten das Büro und bewegte sich ziellos durch die Stadt.
Er aß in einem kleinen Bistro zu Mittag und langweilte sich weiter.
Die Zeit wollte nicht vergehen.

Der sehnlichst erwartete Anruf kam zwei Tage später. Es war Morgen. Drago hatte sich bei seinem obligatorischen Lauf durch den Deneb-Park völlig verausgabt. Er stand noch unter der Dusche, als sein Videophon läutete. Er ließ das Wasser laufen, wickelte sich ein Badetuch um die Lenden und eilte tropfnaß zum Terminal.
»Ja?«
Seine Stimme aktivierte den Sichtmodus.
»Hallo, Viju!« Es war unverkennbar ihre Stimme. Ihr Gesicht sah ihm von dem kleinen Monitor entgegen. Lächelnd entblößte sie ihre makellos weißen Zähne. Ihre Stimme war klar und hell. »Störe ich etwa?«
Er versicherte ihr hastig, daß dies nicht der Fall sei. Das Blut rauschte in seinen Adern. Es konnte aber auch der Nachhall der Dusche sein. Er fragte sie, ob sie gerade angekommen sei.
»Nein, gestern nacht«, antwortete Cyril und sagte ihm, wo sie abgestiegen war. Drago kannte das Hotel, eine der exklusiven Adressen in Terrania. Natürlich!
»Es freut mich, daß du Wort gehalten hast«, sagte er.
»Hatte ich es dir nicht versprochen?«
»Natürlich ... Wie geht es deinem Bruder?«
Sie blickte eine Sekunde verständnislos. »Meinem

Bru...? Ach ja, Zano, meinem Adoptivbruder. Ich weiß es nicht. Ich habe ihm zu verstehen gegeben, daß ich ihn nicht mehr sehen will. Ich bin ohne ihn abgereist.«

»Wollen wir zusammen Lunch essen?« fragte Drago.

Sie lachte. »Ich würde gerne, aber ich habe heute noch einiges vor. Doch was hältst du davon, wenn du mich zum Dinner einlädst?«

»Das läßt sich arrangieren.«

»Schön. Wann soll ich fertig sein?«

»Um acht?«

»Ich freue mich.«

Cyril Hope Quillian unterbrach die Verbindung. Ihr Bild wurde zu einem vertikalen Strich, der sich erst im Projektionszentrum zusammenzog und dann auflöste. Drago blickte noch eine Weile auf die leere Scheibe, in der sich sein Gesicht spiegelte. Er wußte ganz genau, wie es nach dieser Einladung weitergehen würde; trotzdem fand er den Gedanken daran erregend. Dann ging er wieder unter die Dusche, pfeifend, als hätte er nie davon gehört, daß Pfeifen unter der Dusche nur Unglück bringt.

Kapitel 5

Sie erwartete ihn bereits und war schöner, als er sie in Erinnerung hatte. Ihr kurzes Kleid aus schimmerndem Silbergewebe brachte ihren schlanken Körper und die langen Beine sehr vorteilhaft zur Geltung.

Drago führte sie ins *Terranié Provencial* in der Khooloi Road, wo sie eine Kleinigkeit aßen und Wein von Pontichos tranken, dem sie seinem Eindruck nach ein bißchen zu rasch zusprach. Jedenfalls begann sie nach kurzer Zeit zu kichern und albern zu tun. Schließlich stellte sie den Pokal auf den Kopf und verfolgte angespannt, wie die letzten Tropfen des blauen Weines einen Ring auf dem Tisch bildeten.

»Und was machen wir jetzt?« Sie sah ihn aus ihren weit auseinanderstehenden blauen Augen an.

»Und jetzt«, sagte er entschlossen, »verlassen wir auf schnellem Fuß dieses Lokal. Man beginnt schon über uns zu tuscheln.« Und als er ihr vorschlug, Espresso und Grappa in seiner Wohnung zu trinken, war sie sofort einverstanden.

»Das wäre großartig, Viju«, sagte sie ganz ernsthaft. »Ich bin schon so gespannt auf dein Apartment. Bist du sicher, daß deine Frau fest schläft?«

»Sicher bin ich sicher«, sagte Drago mit schwacher Stimme. »Ich habe sie mit dem Paralysator in Tiefschlaf versetzt.«

Er hatte vorsorglich das Gleitertaxi warten lassen, und

so dauerte es nicht lange bis zu ihrer Ankunft in Dragos Apartment. »Ja«, sagte Cyril, als sie wie ein neugieriges Kind durch die Räume lief und das Licht vor ihr herwanderte wie eine Sternenwolke; die Syntronik schaltete Sekundenbruchteile vor ihrem Eintreten in einen Raum die Beleuchtung hoch. Und noch einmal: »Ja«, diesmal mit anerkennendem Lächeln. »Für einen Mechaniker ist das wirklich eine sehr niedliche Mansarde.«

Das fand auch Drago: eine Fünf-Zimmer-Mansarde für gehobene Ansprüche. An den Wänden großformatige holographische Wiedergaben exotischer Landschaften fremder Welten, eindrucksvoll und bizarr. Vor den Wänden niedrige Sitzpolster. Punktstrahler schufen verschiedene Helligkeitszonen. In einer Anbauwand war eine teure Trivideoanlage mit integriertem Audioempfänger installiert; aus den Akustikfeldern klang, selbstverständlich vorprogrammiert, leise Saitenmusik. Ein großer flacher Tisch stand auf verchromten Füßen vor einer großen Couch, in deren dicken Polstern man versinken konnte. Die vierte Wand bestand aus einer einzigen, jetzt schwarz polarisierten Platte aus schimmerndem Glassit mit einer Tür, die hinaus auf die Loggia von der Breite des Wohnraumes führte.

Er nahm ihr das weitfallende Gespinst des Capes von den Schultern. »Magst du eine etwas andere Musik zum Kaffee?«

Sie lauschte einen Moment, schüttelte den Kopf und setzte sich in einen Sessel. »Es ist gut so, wie es ist.«

Drago nahm neben ihr Platz; für einen Augenblick schwieg jede Konversation. Der Servo servierte

Espresso und Grappa in schlanken Gläsern.
»Übrigens«, meinte sie plötzlich mit veränderter Stimme, »finde ich das gar nicht nett von dir.«
»Was wäre das, was du nicht nett findest?«
Sie stach mit einem schlanken Zeigefinger in seine Richtung. »Du hast mich angeschwindelt«, sagte sie anklagend, »ich habe herausgefunden, daß du keineswegs als pilotierender Domestik bei einer Gruppe Finanzmakler angestellt bist. Was sagst du nun?«
Drago starrte angelegentlich in sein Glas.
»Wie hast du davon erfahren?«
»Das war relativ einfach«, antwortete Cyril, nippte an ihrem Grappa und sah ihn strahlend an.
»Cyril«, sagte Viju in einem Ton, der sehr endgültig klang, »hör mal zu!«
»Wovon immer du sprichst, es wird wie Himmelsgeläut in meinen Ohren klingen.« Sie kicherte albern. Wie ein kleines Mädchen.
»Mit Recht möchte ich das bezweifeln. Also: Woher glaubst du zu wissen, daß ich nicht der bin, für den ich mich ausgebe? Und wenn du jetzt die Stumme spielen solltest, lege ich dich übers Knie und versohlte dir dein – ohne jeden Zweifel – entzückendes Hinterteil. Ich meine es ernst.«
»Hui!« Sie machte eine schuldbewußte Miene. »Na gut. Als ich in Terrania ankam, ließ ich über den Hotelsyntron nach deiner Videophonnummer forschen. Es war nur ein einziger Viju Drago im zentralen Register verzeichnet, Besitzer von Drago Enterprises, Geschäftsadresse: THE COLONIES, Privatadresse: Deneb-Apartments. Warum dieses Unterstatement, Viju?«

Drago lachte, er hatte sich schnell gefaßt.
»Auf die Gefahr hin, mißverstanden zu werden«, sagte er, »ich habe mit Absicht ein bißchen untertrieben, Cyril. Deinetwegen, meinetwegen. Ich wollte auf Pontichos Zwei einfach nicht in deiner Gegenwart mit Dingen angeben, die mir eigentlich nicht wichtig sind. Ich bin tatsächlich kein besserer Mechaniker von schnellen Raumjachten, sondern deren Besitzer; ich lasse die Instrumente abstauben.«
Sie stach erneut mit dem Zeigefinger auf ihn ein. »Und die Farm?«
»Gehört natürlich mir«, erwiderte er schuldbewußt. »Bist du nun sehr enttäuscht von mir?«
»Ach was!« Sie stand auf und wanderte durch den Wohnraum.
Natürlich bist du davon nicht enttäuscht, dachte Drago. *Im Gegenteil, es wird deinem Vorhaben nur dienlich sein. Und sicher hast du auch von meinem zweifelhaften Ruf erfahren, was mich in deinen Augen für das, was du beabsichtigst, nur noch attraktiver macht.*
»Du scheinst tatsächlich weit herumzukommen!« Sie deutete auf die Holographien an den Wänden. »Hast du alle diese Planeten selbst in Augenschein genommen?«
Er nickte. »Die meisten schon. – Reisen bildet, wie du sicher weißt.«
Cyril setzte sich wieder neben ihn und sah ihn von der Seite an. »Apropos Reisen«, sagte sie unvermittelt. »Du bist sehr plötzlich abgereist, Viju!«
»Abgereist …? Von Pontichos Zwei, meinst du?«
Sie nickte heftig.
Er zuckte mit den Achseln. »Dein … Zano hat dich aus

dem Konzept gebracht. Du warst plötzlich nicht mehr in Stimmung.«
»War das so deutlich zu erkennen? Es tut mir leid.«
»Du fängst schon wieder damit an, dich für alles und nichts zu entschuldigen.« Er lachte. »Du bist doch nicht schuld, daß er dir nachstellt.«
Sie schauderte. »Er macht mir angst. Manchmal erschreckt er mich zu Tode.«
Dragos Gefühle ihr gegenüber waren von sehr gemischter Art. Frauen und Verbrechen waren zwei verschiedene Dinge, so, wie er seine Profession auffaßte. Es war schwer zu glauben, daß eine so zarte Schönheit wie Cyril als Todesbringerin Verderben über unzählige Leben bringen konnte. Doch Pinpoint war dieser Meinung, und Drago hatte noch nie Veranlassung gehabt, an dessen Urteil zu zweifeln.
»Ja«, er nickte, »ich habe es, glaube ich, schon mal gesagt: Er hat einen Hang zur Brutalität, dein Zano.«
»Und ich habe es, glaube ich, auch schon mal gesagt: Er ist nicht *mein* Zano«, sagte sie mit einer Heftigkeit, die ihn erschreckte, weil es ehrlich klang.
Plötzlich begann sie zu weinen; ihre Oberlippe zitterte, und Tränen rannen ihr über die Wangen. Als Schauspielerin hätte sie damit jeden Trivideo-Star locker an die Wand gespielt und beim Publikum frenetische Ovationen hervorgerufen. Drago war sich nur nicht sicher, ob es auch gespielt war.
Da er mit weinenden Frauen nichts anzufangen wußte, nahm er sie in die Arme.
Es blieb lange Zeit still; die Tränen versiegten. Dann sagte sie: »Man kann sich seine Familie nicht aussuchen, meinst du nicht auch?« Sie hob den Kopf und

küßte ihn. »Wir sollten unsere Zeit nicht damit verschwenden, findest du nicht?«
Drago lächelte, beugte sich zu ihr hinunter und berührte mit seinen Lippen ihre Wangen. Er wußte, jetzt war er am Zug. »Womit dann?«
Sie bewegte sich in seinen Armen, und er spürte ihren warmen Körper. »Lassen wir das Geplänkel«, sagte sie, »und widmen wir uns etwas Vernünftigem.«
Was sie darunter verstand, sah Drago, als Cyril aufstand und mit den Händen hinter ihrem Rücken nestelte; das Kleid floß wie ein silberner Wasserfall von ihrem Körper. Sie stand nackt vor ihm und lächelte ihn an; in den Augenwinkeln nisteten noch Spuren ihrer Tränen. Drago bemühte sich krampfhaft um eine passende Bemerkung. »Ich kenne hier in Terrania ein Mädchen, das auch ausnehmend vernünftig ist.« Sehr geistreich!
Cyril lachte. Sie nahm seine Hand und sah ihn fragend an. »Gehen wir nach nebenan?«
Er erwiderte ihr Lächeln. »Natürlich«, sagte er, und der Anblick ihrer Haut ließ seine Beine schwach werden.
Im Schlafzimmer half sie ihm aus seinen Kleidern. Sie war wirklich die schönste Frau, die Drago je gesehen hatte – zumindest in den letzten achtundvierzig Stunden. Er trat zu ihr, umfaßte ihre schmalen Hüften und zog sie an sich.
»Darauf habe ich seit Tagen gewartet«, sagte er und küßte sie auf den Hals unter ihren blonden Haaren.
»Und ich warte darauf, seit ich dich auf Pontichos zum ersten Mal gesehen habe«, gestand sie mit leiser, leicht kehliger Stimme.
Selbst wenn sie über hundertzwanzig, mit implantier-

ten Billig-Zähnen und unreiner Haut gewesen wäre, hätte er getan, was er zu tun beabsichtigte. Aber wie es die Fügung wollte, war sie Cyril und ebenso hübsch wie talentiert und vor allem gerissen.

Cyrils Körper war das Universum.

Die Welt stand still, als sie sich liebten. Sie befanden sich außerhalb von Raum und Zeit, hatten nichts mehr zu tun mit Lügen, Komplotten und Intrigen. Es war fast Mitternacht, als sie schließlich zur Ruhe kamen.

Eine Zeitlang sagten weder Cyril noch Drago ein Wort. Endlich brach sie das Schweigen. »Das war eben ein sehr merkwürdiges Gefühl, so als hätten wir unsere Seelen ausgetauscht. Ich habe so etwas noch nie erlebt. Ich bin nicht sicher, ob ich es mag.«

»Mir geht es genau wie dir«, sagte Drago, »zumindest fast.«

»Du machst dich lustig.« Sie beugte sich über ihn; im Mondlicht schimmerte ihre schweißbedeckte Haut. »Küß mich, Viju!«

Er küßte sie.

Nach dem, was gewesen war, war es nicht leicht zu glauben, daß sie kein Wort von dem ernst meinte, was sie ihm ins Ohr gestammelt hatte. Das dumme war nur, er wußte, daß sie einen Job hatte, genau wie er, und daß sie ihn mit ausgefeilter Finesse erledigte. Trotzdem. Eine Frau, die eine solche Anziehungskraft auf ihn auszuüben vermochte, war regelrecht beängstigend. Doch er hatte eine Aufgabe zu erfüllen, eine verdammt ungemütliche sogar. Das durfte er nie aus den Augen verlieren.

Drago hielt sie ein wenig von sich ab. »In dir schlummern ja ungeahnte Talente«, bemerkte er.

Sie lächelte; im Mondlicht blitzten ihre Zähne. »Ich habe noch ein paar andere Talente, von denen du noch gar nichts weißt«, sagte sie und preßte ihren erhitzten Körper an ihn.

»Werde ich diese Talente auch noch kennenlernen?«

»Wer weiß«, antwortete Cyril unschuldig.

Drago streckte sich im Bett aus und schob sich eines der Kissen unter den Kopf. »Wie steht es jetzt mit deinem Versprechen?«

»Mmmh?«

»Du hast mir mal auf Pontichos versprochen, mir deine Lebensgeschichte zu erzählen«, erinnerte er sie.

»Ach so. Habe ich das?« Sie machte eine geringschätzige Bewegung. »So eine interessante Geschichte ist das nun auch wieder nicht. Willst du sie wirklich hören?«

»Natürlich. Du weißt einiges über mich, während ich nichts über dich weiß. Ich hasse es, benachteiligt zu sein.«

»Also gut. Aber wenn dir die Geschichte ziemlich unglaubwürdig und undurchsichtig vorkommt, kann ich nichts dafür. Mehr weiß ich nämlich selbst nicht. Ich weiß weder, wer ich eigentlich bin, noch wer meine Eltern sind.«

»Du bist Waise?«

»Ja und nein. Vier Jahre nach dem Ende von Monos' Herrschaft erschien eines Tages eine junge Frau in einem der Auffanglager der Widder auf Nieuw VII. Sie war schwanger. Man schätzte sie auf etwa dreißig Jahre. Durch einen traumatischen Schock hatte sie das Gedächtnis verloren. Sie mußte Entsetzliches mitgemacht haben. Nieuw VII war mal eine friedliche

Agrarwelt gewesen, bis zu dem Zeitpunkt jedenfalls, als die Cantaro in diesen Quadranten der Galaxis einfielen und jeden in die Umerziehungslager steckten, der nicht rechtzeitig fliehen konnte. Aus einem dieser Areale muß die junge Frau geflohen sein und sich lange Zeit in der Wildnis verborgen gehalten haben. Die Leute im Lager bemühten sich zwar, sie aus ihrer Lethargie zu reißen, ihr Gedächtnis zu stimulieren. Aber abgesehen davon, daß sie für ihr leibliches Wohl sorgten, konnten sie nichts für sie tun. Außerdem konnte in diesen Lagern auch niemand die Zeit für eine gezielte Behandlung aufbringen. Die Monate vergingen, und schließlich gebar sie eine Tochter – mich.«

Cyril schwieg für einen Moment, dann fuhr sie fort: »Ich war noch keine sechs Monate alt, als meine Mutter verschwand. Die Behörden verfolgten ihre Spur bis zu einem gottverlassenen Planeten an der Southside der Lokalen Gruppe. Da verlor sich die Spur. Die Behörden glauben, daß sie irgendwo unterwegs umgekommen ist, aber ich ...«

»Aber du glaubst nicht daran.«

»Nein. Ich glaube nicht daran. Natürlich verlasse ich mich dabei lediglich auf ein Gefühl.«

»Woher hast du alle diese Informationen?«

»Alles, was ich über sie weiß, habe ich von meinen Pflegeeltern erfahren. Ich habe nicht die geringste Ahnung, wie sie ausgesehen hat. Wenn sie jetzt zur Tür hereinkäme, würde ich sie nicht mal erkennen.«

»Hoffentlich hast du recht«, sagte Drago. »Ich wünsche dir, daß du sie eines Tages finden wirst. Deine Pflegeeltern, wer waren sie?«

Cyrils Stimme wurde sanft. »Leeny und Rakor

Quillian haben sie geheißen – und sie waren einmalige Menschen. Er war als Sonderbotschafter Terras für humanitäre Hilfe diesem Gebiet auf Nieuw VII zugeteilt, sie war Hydrologin und kümmerte sich um den Aufbau der Trinkwasserversorgung. Als ich etwa eineinhalb Jahre alt war, haben sie die gesetzlich vorgeschriebenen Schritte für meine Adoption eingeleitet. Sie wollten mich mit nach Terra nehmen, so, wie sie es mit Zano beabsichtigten, den sie ein halbes Jahr vor mir zu sich genommen hatten. Das taten sie dann auch schließlich, als es die Verhältnisse auf Nieuw VII erlaubten. Wir gingen zurück zur Erde, nach Nouveau Paris. Sie haben mich erzogen, mir einen Namen gegeben und mir ein Studium an der Sorbonne ermöglicht. Einmal hat mein Dad mir gesagt, sie hätten mich deshalb Cyril Hope genannt, weil die junge Frau – meine Mutter – angeblich ein Medaillon um den Hals getragen hatte, in das das Monogramm CH eingraviert gewesen war.«
Sie fuhr sich über die Augen. »Scheiße«, schniefte sie, »das ist sonst gar nicht meine Art. Meist werde ich immer erst nach dem Ende der Geschichte rührselig. Aber das macht wahrscheinlich deine Nähe.«
Cyril drängte sich an ihn; er legte den Arm um sie und küßte sie auf die Wange. »Weinen schadet bestimmt nicht. Aber wenn du lieber nicht mehr davon sprechen möchtest …«
»Nein, nein. Es macht mir nichts mehr aus. Dad und Mom sind vor zehn Jahren wieder in den Außendienst gegangen; Diplomatische Mission Caliban Draconis. Sie kamen nie an. Niemand weiß, was geschehen ist. Sie hinterließen mir …« Cyril zögerte kurz, »… und

Zano ein kleines Vermögen. Seitdem reise ich im Universum herum. Immer auf der Suche. Nie die Hoffnung aufgebend, eine Spur von meiner Mutter, von Mom und Dad zu finden.«

Die perfekte Legende, fand Drago. So war sie ungebunden, konnte reisen, wohin sie wollte, konnte Leute treffen, Welten aufsuchen, ohne daß jemand je wirklich Verdacht schöpfte. Er fragte sich, wieviel von ihrer Geschichte wahr und wieviel davon frei erfunden war. Auf alle Fälle war es faszinierend, sie lügen zu sehen.

»Und er paßt noch immer auf dich auf?«

»Wer …?«

»Zano.«

»Ach so, ja, natürlich. Leider manchmal mehr, als mir lieb ist.« Sie erschauderte und drängte sich enger an ihn; ihre Haut war noch immer heiß.

Er küßte sie. »Warum hast du Angst vor ihm?«

»Können wir ihn nicht vergessen? Er ist doch nicht wichtig.«

»Mir ist er schon wichtig. Schließlich hat er mir gedroht. Weiß er, daß du hier bist? Ist er dir von Pontichos aus gefolgt?«

»Ich weiß es nicht.« Ihr Tonfall klang bestürzt. »Wenn er weiß, daß ich in Terrania bin, dann weiß er auch, in welchem Hotel ich wohne. Es wäre bestimmt nicht schwierig, mir zu folgen.«

Und herauszufinden, daß du dich im Augenblick in meinem Bett befindest …, dachte Drago. Laut stimmte er zu. »Dazu gehört nicht viel.«

»Ich mache mir Sorgen, Viju. Meinst du, daß er hinter uns her ist?«

»Du mußt nicht besorgt sein«, beschwichtigte er sie.

»Ich zerreiße die dicksten Datenfolien mit bloßen Händen.«
»Dann ist's ja gut«, murmelte sie an seinem Ohr und schob sich in neu entflammter Leidenschaft auf ihn.
Für eine ganze Weile vergaß er jenen Burschen mit Namen Zano Quillian, vergaß das Syndikat der Mächtigen. Drago konnte sich nicht helfen, er war sehr zufrieden mit sich. Auch Pinpoint konnte stolz auf ihn sein.
Später sagte er: »Auf die Gefahr hin, mißverstanden zu werden: Ich brauche eine Zigarette. Du auch?«
»Mmm, ja.« Kichernd entflechtete sie ihre Gliedmaßen von den seinen.
Drago stand auf und ging hinüber in den Wohnbereich. Einen Moment blieb er vor der Panoramascheibe stehen, dann befahl er der Syntronik, die Tür zu öffnen, und trat auf die Loggia hinaus. Er blickte über den Halo der Stadt hinauf in den Nachthimmel Terranias. Nur wenige Sterne waren zu sehen; neben dem kalkweiß strahlendem Rund des Vollmondes verblaßten die fernen Sonnen. In wenigen Tagen würde er sich noch weiter draußen befinden, jenseits des galaktischen Astes, den die Milchstraße bildete.
Er zündete seine Zigarette an und stieg wieder zu Cyril ins Bett.
»Woran denkst du, Viju?«
Er hatte eine ganze Weile schweigend dagelegen und geraucht. »Daß ich am Freitag nach Arghiro reise«, sagte er und legte Bedauern in seine Stimme, »und ich bin nicht sonderlich scharf darauf. Nicht jetzt. Nicht nach dem, was zwischen uns geschehen ist.«
»Viju, Viju«, sagte Cyril und zeichnete mit der Spitze

ihres Zeigefingers Figuren auf seine Brust. »Willst du etwa damit andeuten, daß du mich vermißt?«
»Eine Frau wie dich trifft man selten«, bekannte er, und es war, wie er fand, nicht einmal gelogen.
»Ich glaube, ich fühle mich geschmeichelt. Aber du brauchtest mich gar nicht zu vermissen.«
»Oh? Nein?«
»Nein.« Sie krabbelte schon wieder halb über ihn. »Was hältst du davon, wenn ich dich begleite?«
Er tätschelte ihren Po. »Das ... das wäre in der Tat fantastisch«, sagte er und legte eine Spur erstaunter Freude in seine Stimme. »Du und ich. Was könnte es Schöneres geben?«
»Nicht wahr?« plapperte sie fröhlich. »Meinst du, es bestünde eine Chance, noch eine Passage zu bekommen?«
»Ich glaube«, sagte Drago beiläufig, »das kann man arrangieren. Ich fliege mit der TSCHATO der Terranischen Transstellaren Linie. Man wird sicher noch eine Kabine für dich haben. Ich wäre entzückt, wenn du mitkämst.«
»Aber ich bestehe darauf, daß ich meine Passage selbst bezahle.«
»Eine Frau mit Grundsätzen! Wie erfreulich, doch in diesem Fall kannst du sie getrost über Bord werfen ... Betrachte dich als meinen Gast, bitte!«
Sie zögerte einen Moment. »Also gut. Sagtest du Freitag?«
»Das sagte ich.«
»Wirst du lange in Port Wells bleiben?« Es klang unverfänglich.
»Nicht länger als nötig«, antwortete er. Und auch das

war nicht gelogen. »Außerdem halte ich mich mehr in *Drago Wells* auf. Ich muß mich um den Fortgang der dortigen Planetenforming-Arbeit kümmern.«
»Egal, wie lange es dauert, solange wir zusammen sind.«
Sie seufzte zufrieden, rollte sich von ihm herunter und zog sich das Laken unters Kinn; was sie erreichen wollte, hatte sie ganz eindeutig bekommen.
Schon im Halbschlaf, murmelte sie: »Das wird wunderschön werden, Viju.«
Davon war Drago nun gar nicht überzeugt, aber das behielt er für sich.

Kapitel 6

Er redete sich ein, er wolle sich nur ein paar Minuten ausruhen. Aber als er die Augen aufschlug, kroch bereits der erste Schimmer Tageslicht ins Zimmer. Er lag auf dem Rücken. Cyrils blonde Haare ruhten auf seiner Schulter.

Drago fragte sich, wieso der Körper einer Frau am Morgen immer so warm und viel sanfter als am Abend zuvor wirkte, aber diese Frage stellte er sich nicht zum ersten Mal. Als er auf die Uhr sah, bewegte er sich, und davon wachte Cyril auf.

Sie hob den Kopf, ohne die Augen zu öffnen. »Viju?« murmelte sie schläfrig. »Was ist denn los?«

»Es ist Zeit. Wolltest du nicht ungesehen in dein Hotel kommen?«

Ihre blauen Augen öffneten sich. Sie fuhr hoch; ihre Schläfrigkeit war mit einemmal verschwunden.

»Viju!« sagte sie laut. »Es ist schon Morgen!«

Er nickte schmunzelnd.

Sie schlug die Decke zurück, und ein paar Augenblicke lang bewunderte er ihren nackten Körper, während sie ihre Kleider zusammenraffte, im Bad verschwand und nach exakt zehn Minuten wieder daraus auftauchte.

Drago, inzwischen ebenfalls angekleidet, brachte Cyril zu einem Taxigleiter. Mit einem flüchtigen Lächeln in seine Richtung ließ sie sich in den Sitz fallen; der Gleiter erhob sich auf seinem Antigravtriebwerk und fädelte sich in den Verkehrsstrom ein, der zwanzig Meter über der Straße dahinglitt, geleitet und überwacht vom Verkehrsverbund der Terrania Traffic Control. Die TTC wiederum unterstand NATHAN, dem größten und wichtigsten Computer im Sonnensystem.

Wieder zurück in seinem Apartment, ließ er sich von seinem Heimsyntron mit dem SOLEFT-Hauptquartier in der Itsubishi Row verbinden.

»Der Kontakt ist hergestellt«, sagte er, als Kerim Pinpoint ihm vom Schirm entgegenblickte.

»So so! Nahe genug?« Kerims Humor war mitunter so schwarz wie ein Wurmloch.

»Näher geht's kaum.«

»Es wird dir hoffentlich nicht das Herz brechen, wenn es vorüber ist?«

»Das ist kaum zu befürchten. Da ist noch etwas.«

»Ja?«

»Ein … hmm … Bruder oder so was Ähnliches, der auf Pontichos ein bißchen zu auffällig ihren Beschützer spielte. Ich hatte eine kleine Auseinandersetzung mit ihm. Sein Vorname ist Zano.« Drago schickte den Inhalt des Datenkristalls über den Transponder seines Terminals zu Kerims Station. »Überprüfe ihn mal.«

»Klar«, sagte Pinpoint. Er hatte einen Draht zu allen terranischen Geheimdienstorganisationen sowie einer Reihe »befreundeter« Abwehrdienste außersolarer Regierungen. »Brauchst du dort draußen Hilfe?«

»Wenn, werde ich um Hilfe schreien.«

»Na gut«, sagte Pinpoint ohne Regung. »Es ist dein Hals, den du riskierst.« Es war ungeschriebenes

Gesetz, daß SOLEFT-Agenten die etablierten Rechtsorgane planetarer Behörden nur im alleräußersten Notfall in Anspruch nahmen. »Auf alle Fälle werde ich von hier Anweisung geben, daß euch der Zoll Athènees in Frieden läßt. Ich melde mich, sobald ich etwas über diesen Zano Quillian herausgefunden habe.«

Bis zum Start der TSCHATO hatte Drago vier Tage zu überbrücken.
Er traf sich häufig mit Cyril und verbrachte die meiste Zeit damit, sich als besonders cleveren Geschäftsmann darzustellen, der keine Skrupel hatte, wenn es galt, irgendwo ein lukratives Geschäft durchzuziehen. Das schien mit der Meinung, die sie von ihm hatte, übereinzustimmen. Er bestärkte sie noch in dieser Ansicht, indem er es so einrichtete, daß er in ihrem Beisein mit Kontaktpersonen aus seiner weniger rühmenswerten Vergangenheit zusammentraf. Das sollte eigentlich genügen, ihr die letzten Zweifel zu nehmen.
Am vorletzten Abend schlenderte er mit Cyril in der beginnenden Dunkelheit durch das Altai-Viertel und die Mall Row hinüber zur Avenue Bester.
Sie bewunderte die kühnen, hundertzwanzig Stockwerke hohen Riesenkathedralen, die das Stellare Handelszentrum, das Galactic Trade Center sowie die Administration der LFT kennzeichneten. Die Zinnen der oberen Stockwerke lagen noch im vollen Sonnenlicht, während weiter unten bereits die Lichter aufflammten. Das Feuerwerk der Xenonreklamen machte aus den Straßenschluchten bunte Märchenlandschaften.
Hin und wieder hielt er im frühabendliche Gewühl der

Passanten, das die Mall Row zu einem Tohuwabohu machte, nach Zano Ausschau, dessen mögliche Anwesenheit auf der Erde Cyril mehr zu beschäftigen schien, als sie ihm gegenüber eingestand. Obwohl Drago eigentlich wollte, daß er ihnen nach Terrania folgte – tatsächlich hatte er auf Pontichos II einiges getan, um das sicherzustellen –, wollte er doch nicht, daß er ihnen wie ein Schatten an den Fersen klebte.
Zano war nirgendwo in Sicht.
Diese Tatsache beruhigte Drago keineswegs.
Eine Weile verhielten sie vor dem Shopping Galaxy, dem größten Einkaufszentrums Terranias, wahrscheinlich sogar der Erde. Die himmelragende bronzefarbene Glassitwand des Gebäudegiganten diente in den Nachtstunden als gewaltige Reklamefläche für Werbeholos. Dahinter verbargen sich, wie er wußte, auf insgesamt zehn Ebenen mehr als 5000 Geschäfte und mindestens 400 Restaurants, die so ziemlich alles feilboten, was in der Milchstraße gut und teuer war – oder als teuer und gut angesehen wurde.
Marktanalysen sprachen von zwei Millionen Besucher täglich, die von den allgegenwärtigen Syntrons erfaßt wurden. Diese zwei Millionen verhalfen der kolossalen Mall zu einem Tagesumsatz von bis zu fünfzig Millionen Galax.
»Phantastisch«, hauchte Cyril entzückt und sah Drago voller Enthusiasmus an.
»Gib dich keiner Hoffnung hin, das wird nichts!« sagte er nach einem Augenblick des Erschreckens mit Nachdruck. »Ich werde den Teufel tun und mit dir in diese … hmm … Konsumhölle gehen.«
»Du Schuft!« sagte sie im Ton gespielter Enttäuschung

und Unmuts. Sie gab ihm einen sanften Rippenstoß und schenkte ihm ein strahlendes Lächeln.
Drago seufzte abgrundtief und hob die Schultern. Es war eine Situation, die er nicht zum ersten Mal erlebte. Er würde nie begreifen, weshalb Frauen allein schon bei der Vorstellung, ein exklusives Kleidungsstück erstehen zu können, von einem unwiderstehlichen Drang getrieben schienen, dies unverzüglich in die Tat umsetzen zu wollen. Es mußte wohl so was wie ein Pawlowscher Reflex sein, der diesen Vorgang aktivierte. Dabei schien es keine Rolle zu spielen, wie anstrengend dieses Shopping war.
Drago hatte nur einmal zusammen mit Alex die Tortur auf sich genommen und war mit ihr durch die Etagen der gigantischen Mall gezogen. Während sie leichtfüßig wie ein Reh von Etage zu Etage gesprungen war, hatte ihn bereits nach einer Stunde alles angenervt.
Die Erinnerung daran war alles andere als dazu angetan, sich noch einmal dieser Tortur zu unterziehen. Jedenfalls nicht freiwillig. Ein Bummel durch die Crest Arcade mit anschließendem Dinner in Zemans Bar & Grill schien ihm viel geeigneter für diesen Abend.
Nach wenigen Minuten bogen sie in die zu der Crest Arcade führenden Straße ein.
In dem Gebäude wimmelte es von Leben. Die riesige Arcade war hell erleuchtet. Bars, Souvenirläden und Kaffee-Shops, Tanzlokale, exklusive Restaurants und winzige Garküchen erstreckten sich mehrgeschossig über Tribünen und Wandelgänge. Geschwungene Spiralgänge für diejenigen, die das Ganze zu Fuß

erkunden wollten, führten hinauf bis zum hundertfünfzig Meter hohen Kuppeldach; dazwischen schimmerten die transparenten Säulen der Antigravlifte für diejenigen Besucher, die etwas weniger gut zu Fuß waren.

In der Crest Arcade waren nahezu alle auf Terra denkbaren Vergnügungen unter einem Dach vereint. Zumindest konnte man sehr schnell diesen Eindruck gewinnen.

Es herrschte ein babylonisches Sprachengewirr; neben Menschen konnte man Vertreter aus so gut wie fast allen sauerstoffatmenden Zivilisationen der Lokalen Gruppe in ihren unterschiedlichen Erscheinungsformen treffen: Das schrille Zirpen von Blues aus der Eastside der Milchstraße war ebenso zu vernehmen wie das Fauchen von Kartanin aus Pinwheel oder Hangay. Ein gigantischer Haluter bewegte sich gemächlich zwischen einer Gruppe aus Cheboparnern und Linguiden; zwei Swoons benutzten ihre Antigravs, wohl in der Furcht, von dem Riesen versehentlich zertrampelt zu werden.

Der Stimmenlärm mischte sich mit dem Durcheinander verschiedenartigster Musik aus unzähligen Audiofeldern und dem Sing-Sang zuckender Werbe-Holos. Es roch scharf und süß nach Essen aus den siedenden Kesseln und Pfannen der mobilen Speiseverkäufer, duftete nach Blumen und Kräutern und Parfüm.

Cyril und Drago bummelten über die drei Hauptebenen der Crest Arcade und vertieften sich in die Auslagen der Schaufenster. Wasserfontänen, bis in den fünften Stock hinaufreichend und in allen Farben des

Spektrums schimmernd, reicherten die Luft mit wohltuender Feuchtigkeit an.
Schließlich hatte sie genug Eindrücke gesammelt. »Es reicht für eine Weile«, sagte sie leise und lächelte.
Drago nahm mit dankbarem Nicken ihren Ellbogen und steuerte dem nächsten Ziel zu.
Zemans Bar und Grill war eine Oase der Behaglichkeit nach der draußen herrschenden Hektik unter der weitgespannten Kuppel. Sie gingen über eine teppichbelegte Treppe hinunter in den Raum und nahmen in weichen, mit Simleder gepolsterten Nischen an einem der niedrigen Tische aus marmoriertem Kunststoff Platz.
»Hübsch«, sagte Cyril. Sie strahlte ihn an und rutschte tiefer in die Nische. »Bist du öfter hier?«
»Hin und wieder«, bekannte er, während sie überrascht die Augenbrauen hob, als er – ohne sich umzusehen – zwei Finger hob und als Resultat dieser Geste zwei in monochromen Farben schimmernde Cocktails von dem randoranischen Ober serviert bekam, dessen vier Arme Cyril nicht das geringste Erstaunen entlockten. Offenbar schien ein Bewohner Randors keine Neuigkeit für sie zu sein.
»Mir gefällt es hier«, bekannte sie und prostete ihm mit einem erneuten Lächeln zu, daß ihm fast der Atem wegblieb.
Drago befürchtete allerdings, daß er sich einer totalen Illusion hingab; er mußte sich immer wieder vor Augen halten, daß er nur ein ausgelegter Köder war und sie ihn für ihre schmutzigen Zwecke ausnützte. Aber sein Verstand schien immer weniger Einfluß auf seine Gefühle zu nehmen. Ein beunruhigender

Vorgang, wie er sich eingestand, und verwirrend zugleich.
Er räusperte sich und trank seinen Cocktail leer. Die gediegene Atmosphäre im Raum wurde von leisem Stimmengemurmel und gelegentlichem Besteckklappern untermalt.
Sie entschieden sich für Surimi-Steaks mit gebackenen Kartoffeln in einer rot-schwarzen Pfefferkruste sowie einem Salat nach Art des Hauses. Zum Nachtisch aßen sie Apfelkuchen und tranken dazu Espresso mit andorianischen Grappa.
Schließlich lehnte sich Cyril mit einem abgrundtiefen Seufzer in die Polster zurück. »Schluß mit der Völlerei!« sagte sie mit einem gequälten Ausdruck im Gesicht. »Heute habe ich sicher wieder Pfunde zugenommen. – Du entschuldigst mich sicher für eine Weile«, fuhr sie fort. »Aber ich muß mir mal die Nase pudern gehen.«
Höflich stand Drago auf und sah ihr nach. Dann spürte er seinen rebellierenden Magen; die Pfefferkruste hatte seine ganze Verdauungschemie durcheinander gebracht. Er drängte sich zur Theke durch und nahm auf einem der hochbeinigen Hocker Platz.
Ein Mann in einem schillernden Anzug hielt sich zwei Plätze neben ihm an der Theke aufrecht, indem er sich mit einer Hand an die umlaufenden Stange klammerte. Mit der anderen gestikulierte er in Dragos Richtung. Er rief ihm zu: »He, du! Hey, altes Haus!« Er schien mehr als nur ein Glas über den Durst getrunken zu haben.
Drago blickte über die Schulter zurück. Hinter ihm war niemand. Zumindest niemand, den der Kerl meinen konnte.

Er drehte sich wieder um, grinste, um den guten Willen zu demonstrieren, den man kleinen Kindern und Betrunkenen gegenüber an den Tag legte, und sagte freundlich: »Guten Abend.« Es klang unecht, wie es Nüchternheit gegenüber alkoholisierter Freundlichkeit immer tut.
Er schüttelte die ausgestreckte Hand, wobei es seinem Gegenüber gelang, nicht von der Theke zu fallen. Das Glas vor ihm war leer.
»Erinnerst du dich nicht an mich?« sagte er. »An den guten alten Som Suffit aus Roosandaal?«
Er war ein großer, hart wirkender Mann mit rauchgrauen Augen, die erst auf dem zweiten Blick als Implantate erkennbar waren, und einem glatten Gesicht. Drago hatte ihn noch nie in seinem Leben gesehen.
»Leider nein«, sagte er. »Da muß wohl ein Doppelgänger von mir herumlaufen. Ich heiße Viju Drago.«
Suffit glotzte ein bißchen dumm, doch seine Augen wirkten ziemlich wach. Dann lachte er kollernd.
»Der gute alte Viju Drago, wie er leibt und lebt. Immer und überall einen Scherz auf den Lippen!« Er hickste und schwankte einen Moment lang gefährlich. Seine Augenbrauen zogen sich angestrengt zusammen, dann deutete er mit einem dicken Zeigefinger auf ihn. »Du alter Fuchs. Trade City. Die Bar in Alien Town!« trompetete er laut und triumphierend.
»Okay«, log Drago. Dieser Suffit gab sich sowieso nicht mit einer Ablehnung zufrieden, soviel war klar. »Du hast recht. Was machst du so?«
»Laß uns was trinken«, drängte Suffit und drehte sich

zur Theke um. »Unser Wiedersehen muß doch begossen werden. Findest du nicht auch?« Mehrere Thekennachbarn rückten begreiflicherweise zur Seite. Drago sagte: »Kann ich mit einem Natrium… einem sauren Wasser anfangen? Ich habe etwas zuviel gegessen, glaube ich.«

Suffit wedelte gönnerhaft mit einem Arm in Richtung Barmixer, ebenfalls einem Wesen von Randor, der das Wasser bereits mit seinem vierten Arm einschenkte, und nuschelte: »Aber natürlich, lieber Freund.«

Drago trank sein Wasser und wollte wieder zu seinem Platz; Cyril war noch nicht wieder aufgetaucht.

Suffit stellte sich ihm unmerklich torkelnd in den Weg, wie ein Betrunkener, der diesen Zustand vertuschen wollte. »Was machst du so?« fragte er liebenswürdig. Offensichtlich war er wild darauf, sich anzubiedern.

Drago zuckte mit den Achseln. »Diescs und jenes«, sagte er zurückhaltend. »Hauptsächlich Immobilien.« Er sah keinen Grund, es zu verheimlichen.

Der Mann mit Namen Suffit schob ihm eine alkoholisierte Fahne ins Gesicht, als er sich vertraulich herüberbeugte, eine Zigarette aus der Packung schüttelte und sie ihm hinhielt. »Nimmst du noch immer die Leute aus, mein Lieber?« sagte er, ohne die Stimme zu senken. »Verscherbelst ihnen wertlose Landparzellen auf öden Planeten zu überteuerten Preisen, wie?«

Drago lehnte die Zigarette ab. »Das dürfte dich nicht interessieren«, sagte er kühl.

»Tut es auch nicht, Viju, altes Haus. Tut es auch nicht.« Som Suffit blinzelte ihn verschwörerisch an und hielt einen Finger an den Mund. »Also pssst, alter Knabe!«

Drago war versucht, ihm zu beweisen, daß er weder alt

noch ein Knabe war, ließ es dann aber. Der Aufwand lohnte nicht; Betrunkene konnte man mit schlagkräftigen Beweisen nicht beikommen.
»Der gute alte Drago – ein Immobilienmakler!« röhrte der Betrunkene und lachte aus vollem Hals. Er zerrte eine protzige Notenklammer aus Howalgonium aus der Brusttasche und warf einen Zehn-Galax-Schein auf die Theke. Dann senkte er vertraulich die Stimme, trotzdem konnten ihn noch alle hören. »Ich kann mich noch gut an die Zeiten erinnern, wo du auf den Frachthöfen Gleiter geklaut hast.«
»Stop!« sagte Drago kurz und bedauerte, sich überhaupt mit ihm eingelassen zu haben. »Du redest eine Menge dummes Zeug!« Er sah Cyril am anderen Ende der Bar auftauchen. »Entschuldige mich. Ich werde erwartet.«
Suffit klatschte ihm auf den Rücken. »Ahh, gebunden, wie?« Und er schielte ihn schräg an.
Seine Augen, das bemerkte Drago, waren berechnend und nicht sehr freundlich.
»Mein siebter Kontrakt«, sagte er knapp.
Eine junge Frau in einem eng gewickelten, graublauen Rock kam an die Bar, und Suffit belegte sie sofort mit Beschlag. »Aure!« tönte er übereifrig. »Süße Aure! Das hier ist der gute Viju. Wir haben so manche Bar unsicher gemacht.«
Aure und Drago schüttelten sich die Hände.
Sie blickte ihn forschend an. »Hi, Viju! Ich heiße Rea.«
Som Suffit schwankte auf wackligen Beinen rülpsend außer Sicht. Immerhin. Drago bewertete es als Erfolg.
»Dein Freund ist schon ‘ne Marke«, sagte die junge Frau.

AD ASTRA

Illustration von **Swen Papenbrock** aus DAS SYNDIKAT DER MÄCHTIGEN von Konrad Schaef (Perry Rhodan Band 406)

BSV **Burgschmiet Verlag**, Nürnberg 1997 HTTP://WWW.BURGSCHMIET.COM

»Willst du etwas trinken?« fragte er. »Im übrigen ist er nicht mein Freund. Und deiner sicherlich auch nicht, oder?«
»Einen zibalianischen Daiquiri«, antwortete sie. Dann lachte sie. »Nein. Ich kenne den Kerl gar nicht.«
Sie lachten beide.
Drago lachte nicht mehr, als er zu Cyril an den Tisch zurückkehrte; Som Suffit war nicht zu sehen. Suffit, ein Mann, der garantiert nicht so betrunken war, wie er tat. Und noch etwas wußte Drago über ihn: Er trug eine Waffe unter der Achsel; zwar gut verstaut, aber für einen Fachmann zu erkennen.
Eine Stunde später brachte er Cyril ins Hotel. Sie bat ihn nicht darum, den Rest der Nacht bei ihr zu verbringen, und lehnte auch seine Einladung ab, mit in sein Apartment zu kommen. Und so verabschiedeten sie sich mit einem flüchtigen Kuß.
Vor dem Hotel wartete Drago, bis die Robotanlage seinen roten Gleiter aus der mehrgeschossigen Tiefgarage an die Oberfläche gehievt hatte.
Die Nacht war warm, und er fuhr mit offenem Verdeck.

Auf der Rückfahrt zu seinem Apartment überlegte er die ganze Zeit, warum ihm der Vorfall mit Suffit auf eine merkwürdige Weise beunruhigte.
Er war noch zu keinem Ergebnis gelangt, als er von der Straße ab- und in die Einfahrt der zu den Deneb-Apartments gehörenden Tiefgarage einbog. Boxen und Fahrstreifen lagen im spärlichen Licht der Nachtbeleuchtung.
Drago bugsierte den Gleiter in die ihm zustehende Parkbucht, zog den Impulsgeber ab, stieg aus und –

später konnte er sich an nichts erinnern, was ihn hätte warnen müssen – erahnte am Rande seines Gesichtsfeldes das Zucken einer Bewegung. Jemand trat wie ein Schemen zwischen zwei geparkten Luxus-Gleitern hervor und stieß einen Arm hoch. Drago ließ sich augenblicklich fallen. Trotzdem verspürte er einen heftigen Stoß im Rücken, der seinen Fall noch beschleunigte. Er hörte das Ächzen ausgestoßener Luft, als sein Angreifer sich blitzschnell über ihn beugte; eine Waffe schimmerte in seiner Hand.

Drago riß den Kopf zur Seite. Der Schlag wischte an seiner Wange vorbei, und ein heftiger Schmerz brandete in seiner Schulter auf.

In fast unbewußter Reaktion rollte Drago sich auf den Rücken und trat mit aller Kraft in Richtung Handgelenk des Angreifers. Die Waffe wirbelte durch die Garage und schlug weit entfernt mit einem Scheppern zu Boden. Erneut trat er mit dem Fuß aus, stieß ins Leere, verlor die Balance und spürte, wie der Angreifer seine Nieren mit einem Sandsack zu verwechseln schien.

Ein zweiter Hieb traf sein Rückgrat.

Drago stöhnte auf, er taumelte und mußte einen dritten Schlag einstecken. Blind vor Schmerz warf er sich nach vorn. Mit gespreizten Fingern suchte er irgendwas an seinem unsichtbaren Gegner zu erfassen.

Etwas schlug ihm mit der Wucht eines Hammers ins Genick. Er fiel mit dem Gesicht auf den von Hydraulikflüssigkeit glitschigen und nach Dreck stinkenden Garagenboden.

Eine Space-Jet ließ sich auf seinem Rücken nieder, allerdings ohne Antigrav – sein Gegner sprang auf ihn

und preßte ihn mit den Knien an den Boden. Ein Arm legte sich um seine Kehle und zog seinen Kopf nach hinten. Eine Hand griff in sein Haar und drehte ihm den Schädel zur Seite.
Drago rang mühsam nach Luft und starrte in ein vor Erregung verzerrtes Gesicht. Es war Suffit. Der angeblich Betrunkene war völlig nüchtern.
Die Zeit schien still zu stehen. Außer Dragos würgendes Luftholen und Suffits stoßweises Atmen existierten keine Geräusche.
Suffit grinste ganz plötzlich, und während sich Drago noch darüber wunderte, zischte er: »Was sagst du nun, du Hurensohn?« Er betrachtete ihn mit einem Ausdruck kalter Herablassung, löste seine Hand aus Dragos Haaren – und schlug ihm mit dem vorgewölbten Gelenk des Mittelfinger gegen die Schläfe.
Er wurde augenblicklich besinnungslos …
Stöhnend kam Drago wieder zu Bewußtsein. Ihn fröstelte. Benommen setzte er sich auf. Stechender Schmerz fuhr durch seinen Kopf wie ein glühender Draht.
Die Beleuchtungskörper der Tiefgarage kreisten vor seinen Augen. Von Suffit war weit und breit nichts zu sehen. Er atmete tief ein und aus, bis sich sein Kreislauf normalisierte. Der Lift nahm ihn auf, und nur wenig später befand er sich in der vertrauten Umgebung seines Apartments.
Etwas mühsam zog er sich aus und ging unter die Dusche.
Während das heiße Wasser über seinen Körper rann, dachte er über Suffit nach. Dieser kaltgesichtige Bursche bereitete ihm Sorgen. Er wußte, daß er ihn,

Drago, in diesem Augenblick höchster Verwundbarkeit hätte umbringen können. Er hatte es nicht getan. Warum?
Ob er in einem Zusammenhang mit Cyril und ihrer Tätigkeit als Kurier stand? Wenn ja – in welchem? Die Art, wie er kämpfte, ließ eigentlich nur darauf schließen, daß er irgendwann mal eine offizielle Ausbildung genossen haben mußte. Weshalb er ihn dann so unerwartet angegriffen hatte, stand auf einem anderen Blatt.

In der letzten Nacht vor der Abreise nach Arghiro wurde Drago von der sanften Stimme seines Syntrons aus dem Schlaf geweckt. »Drago! Ein Anruf liegt vor.«
»Mmmh …?« Er wälzte sich auf die andere Seite und blinzelte mürrisch auf die Uhr. Die Leuchtziffern verschwammen vor seinen Augen. Er fixierte sie scharf: ein Uhr vierundvierzig. Er hatte nicht mehr als dreißig Minuten in Morpheus' Armen zugebracht. Eine Frechheit, ihn jetzt zu wecken! »Wer denn?«
»Es ist Kerim Pinpoint, Drago. Er besteht darauf, dich zu sprechen.«
»Sag ihm, ich bin nicht da.«
»Das kann ich nicht, wie du weißt. Meine Programmierung erlaubt mir nicht, zu lügen.«
»Mist!« knurrte Drago mit Inbrunst, inzwischen hellwach geworden. »Erinnere mich, daß ich dich bei Gelegenheit umprogrammiere.«
Da er größten Wert auf seine Intimsphäre legte, gab es in seinem Schlafraum keine Vermittlung. Eine Verwünschung murmelnd, stieg er aus dem Bett, zog sich den Morgenmantel über, ging hinüber ins

Arbeitszimmer, warf sich in einen Sessel und gab dem Syntron Anweisung, den Holoprojektor zu aktivieren. Kerim Pinpoint erschien mitten im Raum.

»Du!« knurrte Drago gereizt. »Du schläfst wohl nie, was?«

»Klar doch – während der normalen Bürozeit.«

»Verdammt schlechter Witz, Mann.« Drago gab sich keine Mühe, seinen Unmut zu verbergen.

»Tut mir ja leid, daß ich dich geweckt habe ...«

»Geschenkt!« Er winkte ab. »Da es seit Jahren üblich ist, mich hauptsächlich zur unpassendsten Zeit zu stören, nehme ich dir das nicht ab. Manchmal frage ich mich, ob du dir nicht im klaren darüber bist, daß auch Mitglieder deiner Organisation hin und wieder eine Handvoll Schlaf brauchen. Und außerdem ...«

Pinpoint hob die Hand und stoppte seinen Redefluß. »Dafür, daß du angeblich hundemüde zu sein behauptest, bildest du noch erstaunlich lange Sätze. Laß uns zum Grund meines Anrufs kommen ...«

Zano Quillian hieß in Wirklichkeit Zano Roc. Er war dreiundfünfzig Jahre alt und stammte von der Erde, aus einem kleinen, verschlafenen Nest an der Westküste des amerikanischen Kontinents.

Über seine Kindheit lag nichts vor. Daß es überhaupt Daten über ihn gab, hatte er seinem Dienst bei einer Raumlandeeinheit der LFT zu verdanken, wo er sich schnell bei verschiedenen Einsätzen durch wilde Entschlossenheit und kaltblütige Brutalität den Ruf eines kompromißlosen, eiskalten Killertyps eingehandelt hatte.

Roc war ein Einzelgänger, der sich nicht einordnen konnte. Sein Psychosoziogramm bescheinigte ihm neben einer beachtlichen Intelligenz eine überdurchschnittlich ausgeprägte Gewaltbereitschaft, mangelnde menschliche Rücksicht und ein aufbrausendes Naturell. Was seine Teamkameraden zu oft zu spüren bekamen. Er war alles in allem ein schlechter Charakter. Und so trennte sich das Raumlande-Korps recht schnell und ohne Bedauern wieder von ihm.

»Und wie paßt er ins Bild?« fragte Drago.

»Er ist einer der vielen Laufburschen, die das Syndikat der Mächtigen auf seiner Lohnliste hat.«

Drago pfiff tonlos; einige Teile des Puzzles begannen sich bereits zusammenzufügen. »Was ist mit den beiden, die mich überfallen haben?«

Pinpoints virtuelles Abbild schüttelte den Kopf. »Bislang stehen die Antworten noch aus. Wann reist du ab?«

»Morgen nachmittag. TTL-Raumer TSCHATO.«

Pinpoint hob die Hand – seine Art des Abschieds – und sagte: »Wir hören voneinander.«

Drago nickte. »Auf die eine oder andere Weise, ja.«

Das Hologramm erlosch.

Unschlüssig blieb Drago sekundenlang inmitten des Raumes stehen, ehe er tief gähnte, zurück ins Schlafzimmer ging und wenig später mit hinter dem Kopf verschränkten Armen in die Dunkelheit starrte. In Gedanken ließ er noch einmal das eben Gehörte an sich vorüberziehen.

Trivideostreifen versuchen, wenn sich deren Inhalt um Verbrecher dreht, in den Augen ihrer Konsumenten ein gewisses Bild entstehen zu lassen: *Seht her, so sieht ein Gangster aus*. Die meiste Zeit jedoch war dieses Bild falsch. Gesetzesbrecher im großen Stil machten zu allen Zeiten überwiegend den Eindruck erfolgreicher Geschäftsleute. Auch heute noch – oder erst recht! Sie erinnerten an Rechtsanwälte, Bankiers, Ärzte, Politiker. Und trotzdem brauchte das Verbrechertum nach wie vor seine Leibwächter, Handlanger, Schläger und Revolvermänner. Die untergeordneten Mitglieder der Syndikate eben. Sie waren es, die die wirklich unangenehmen Sachen erledigten, die Leute von den Dachterassen hundertstöckiger Gebäude stießen, die quälten und folterten, die ertränkten und erschossen. Sie waren es, die einem die Nachricht überbrachten, Yadashi oder Mike oder Callum wollte einen sprechen. Die Laufburschen eben.

Zano Roc hatte sich im Syndikat hochgedient; er lief eine Zeitlang als Kassierer und trieb Schutzgelder ein, versuchte sich als Kurier, hatte ein paar Reinfälle und verlegte sich dann auf den Personenschutz innerhalb des Syndikats, was seinem eigentlichen Naturell viel mehr entsprach. Und er war eine Weile mit einer Frau liiert, ehe es in die Brüche ging; aus welchen Gründen, war nicht bekannt.

Bekannt war der Name der Dame. Es war jemand namens Cyril Hope Quillian.

Was seine Bösartigkeit Drago gegenüber irgendwie verständlicher machte.

Kapitel 7

Passagierraumer TSCHATO der Terranischen Transstellaren Linie

Als Drago am Nachmittag Cyril zur vereinbarten Zeit vor dem Eincheck-Counter in der Outer Space Hall traf, war sie umgeben von drei Handgepäckstücken; ein Gepäckroboter trug einen riesigen Koffer.

Sie küßte ihn oberflächlich und leicht nervös, was angesichts der Tatsache, daß sie vermutlich Rauschgift in der Größenordnung von mehreren zehntausend Galax bei sich haben mußte, kein Wunder war. Irgendwann in der letzten Nacht hatte sie die Lieferung bekommen. Dieser Teil der Operation war sicher professionell und reibungslos verlaufen.

Auf ihr Gepäck deutend, sagte er: »Ich hatte eigentlich nicht vor, ein Jahr auf Arghiro zu verbringen …«

Drago selbst hatte sich nur mit einer großen Bordtasche belastet. Alles, was er sonst an Kleidung benötigte, befand sich in den Schränken von *Drago Wells*.

Sie gab ihm mit einem flüchtigen Lächeln einen Klaps auf die Wange. »Du bist zwar lieb«, sagte sie, »aber du scheinst nicht zu wissen, daß moderne Frauen ein bißchen mehr an Luxus brauchen, auch wenn es sich nur um ein paar hübsche Kleidchen handelt. Es kann ja durchaus sein, daß ich zum Kapitänsdinner eingeladen werde. – Hier!« Sie reichte ihm einen Kosmetikkoffer. »Betätige dich mal als Kavalier!«

Sie kamen anstandslos durch die Kontrollen.

Den Start verfolgten sie vom Aussichtsdeck aus, in bequemen Sesseln, Cocktails schlürfend und Kanapees knabbernd. Eine holographische Projektion erweckte den Eindruck, unter einer riesigen Kuppel zu sitzen, die später den interessierten Betrachtern einen Ausblick auf den Weltraum mit seinen kosmischen Nebeln und fernen Galaxien bieten würde. Im Augenblick war nur Terranias weitläufiger Zivilraumhafen zu sehen.

Von den Antigravtriebwerken emporgehoben, startete der Fünfhundert-Meter-Riese fast lautlos und trieb wie ein riesiger Ballon durch die Wolken. Erst nachdem die Lufthülle der Erde durchstoßen war, nahm er Fahrt auf, beschleunigte und jagte mit knapper Unterlichtfahrt durch die Ekliptik in den tiefen Weltraum jenseits der Plutobahn. In den Maschinendecks begannen die Gravitrafwandler zu arbeiten, und die Metagrav-Triebwerke wurden auf Höchstlast gefahren. Sie verstärkten das Schwerkraftzentrum, den virtuellen G-Punkt, in Flugrichtung mehr und mehr, bis die Instrumente das Entstehen des Metagrav-Vortex signalisierten.

Die Solare Koordinationsstelle auf Neptun registrierte die Strukturerschütterung, als die TSCHATO durch das Pseudo-Black-Hole in den Hyperraum stürzte, einem Kurs folgend, der innerhalb achtundvierzig Stunden Arghiro berühren würde.

Das System der Sonne Arghoo war von Terra rund fünfunddreißigtausend Lichtjahre entfernt. Die

TSCHATO, deren Metagrav-Triebwerke einen Überlichtfaktor von zehn Millionen erlaubten, konnte diese Strecke im Direktflug innerhalb von knapp neunzehn Stunden absolvieren. Auf dieser Reise allerdings machte sie zwei Zwischenstopps. Was die Flugzeit entsprechend anhob.

Nachdem die TSCHATO das Solsystem verlassen hatte, zeigte sich Cyril von ihrer munteren Seite. Sie trug ein weißes Kleidchen, das sehr offenherzig ausgeschnitten war und ziemlich viel von ihrer sonnengebräunten Haut freilegte. Ihre hohen, sehr vollen Brüste besaßen das uneingeschränkte Interesse aller männlichen Passagiere. Eine winzige Tasche hing ihr an einer Goldkette am Handgelenk. Sie lehnte sich halb über ihn, ohne sich darum zu scheren, was die übrigen Mitreisenden davon hielten.

»Erzähl mir von Drago Wells«, bat sie, »ich bin schon *so* gespannt darauf.«

Drago erzählte ihr von den Planetenforming-Projekten seiner Firma, die die wüstenartige Desert Barrier in besiedelbares Land verwandelte, welches dann von seinem rührigen Generalmanager Fox Daroom parzellenweise an betuchte Interessenten verkauft wurde.

»Wo werden wir unsere Näch… Oh!« Sie kicherte verschämt und knabberte an ihrer Unterlippe. »Ich meine natürlich, wo werden wir unsere Tage verbringen? In deinem Jagdhaus?«

»Mal sehen. Vielleicht auch in Port Wells.«

Sie plauderte fröhlich über Nichtigkeiten, und Dragos Gedanken schweiften ein wenig ab.

Vier Tage lang hatte er sich mit den Gedanken an seine Vorgehensweise beschäftigen können, war aber bis auf

eine recht vage Vorstellung noch zu keinen konkreten Ergebnissen gelangt. Dreh- und Angelpunkt seiner Überlegungen war Cyril. Und dieser Zano Roc.
Bei dem Gedanken an ihn konnte er eine gewisse Unruhe nicht verleugnen. Trotz allem, was er inzwischen über Cyril, das *Syndikat der Mächtigen* und Zano Roc wußte, ahnte er nur vage, was ihn möglicherweise erwartete. Er wußte natürlich, daß Cyril von dem Augenblick an, an dem die Ware an sie übergeben war, überwacht wurde. Vermutlich von Zano, der wie eine Klette an ihr hängen würde. Er hatte sich alle Mühe gegeben, ihn auf dem Raumhafen ausfindig zu machen, auch während des Eincheckens an Bord der TSCHATO hatte er eifrig nach ihm Ausschau gehalten. Ohne Erfolg.
Vielleicht hatte er Anweisung vom Syndikat, diesen Teil der Reise auf gar keinen Fall zu gefährden – oder von Cyril höchstpersönlich. Wußte er, wie es um die beiden noch stand? Nun ja, man würde sehen. Vorrangig war zunächst etwas anderes: Er mußte irgendwie an ihr Gepäck heran, ohne daß sie oder jemand anders ihm in die Quere kam.
»... Drago!«
»Entschuldige«, sagte er zerknirscht. »Ich war ein klein wenig unaufmerksam, fürchte ich. Was hast du gesagt?«
Sie schnitt eine Grimasse. »Ob du an der Führung teilnehmen willst.«
»Welcher Führung?«
»Wir können die Zentrale besichtigen. Ist das nicht toll!«
»Geh du nur«, wehrte Drago ab und gab sich ziemlich

desinteressiert; eine bessere Gelegenheit würde sich so schnell nicht wieder bieten. »Ich kenne die Zentralen von Raumschiffen in- und auswendig.«
Sie sah ihn forschend an. »Bist du sicher, daß du nicht mitwillst?«
»Ziemlich. Ich werde mich ein bißchen in meiner Kabine langlegen. Wir sehen uns dann beim Dinner, okay?«
Sie verschwand in einer Traube von ebenfalls an der Führung interessierten Passagieren. Zehn Sekunden später verließ auch Drago das Aussichtsdeck.
Den Weg durchs Schiff bot für Drago keine Schwierigkeiten. Er kam am Sonnendeck vorbei, ließ sich von einer Rolltreppe eine Etage tiefer tragen und kam an der Trivideothek vorbei. Shops und Bistros folgten. Er wich einem kleinen Jungen aus, der keuchend und japsend einem kläffenden Hund nachrannte, und bog dann in den Korridor ein, auf dem ihre Kabinen lagen. Sie waren in den Kabinen 139 und 140 auf Deck 38 untergebracht. Cyril gehörte die Nummer 139. Drago sah den Korridor rauf und runter. Niemand war zu sehen.
Einlaßsensoren waren, sofern es sich nicht um personenkonfigurierte, hochsensible Verschlußeinrichtungen handelte, einfache Mechanismen. Sie stellten für jemanden, der sich auch nur ein bißchen mit Syntrons auskannte, kein Hindernis dar. Schon gar nicht für Drago. Der Pikosyn seines Armbandmultifunktionsgerätes hatte über das drahtlose, mit einem Optokoppler versehene Interface binnen Sekunden den einfachen Algorithmus des Türschlosses geknackt.
Der Einlaßsensor zeigte Grün.

In der Kabine hing Cyrils Parfüm und gab ihm die Illusion ihrer körperlichen Anwesenheit. Grinsend schüttelte er den Kopf. Er holte den großen Koffer aus dem Gepäckteil und begann ihn rasch und routiniert zu durchsuchen. Negativ. Er wuchtete ihn zurück und schloß die Klappe. Das Handgepäck. Ebenfalls ohne Ergebnis. Blieb nur der Kosmetikkoffer auf der Ablage in der Hygienezelle. Er nahm ihn an sich. Seine Fingerspitzen glitten suchend darüber, fanden das Schloß. Der Deckel schnappte auf. Drago sah sein Gesicht in der verspiegelten Innenseite. Er schnitt sich eine Grimasse und durchwühlte den Inhalt des Koffers, wobei er sich fast schäbig vorkam, Cyrils Intimsphäre so zu verletzen.

Dann schüttelte er erneut den Kopf. Es war schon erstaunlich, was eine Frau so alles an Schnickschnack mit sich herumschleppte. Er wurde langsam nervös, auch hier war kein Hinweis auf das Rauschgift zu finden. Seine Finger glitten über die gewellte Hartschaumpolsterung des Behälters. Probehalber versuchte er sie von den Seitenwänden zu lösen – Bingo! Sie war herausnehmbar! Rasch entschlossen kippte er den Inhalt der Box aufs Bett und löste die Ausschäumung. Als er sie umdrehte, pfiff er leise durch die Zähne: Die Wellung war hohl! In jedem der Hohlräume steckte ein Röhrchen von zirka zehn Zentimetern Länge und einem Zentimeter Durchmesser.

Er öffnete den Stopfverschluß und schüttete ein wenig vom Inhalt auf seine flache Hand. Das weiße Pulver sah harmlos aus. Das war es auch, wenn es sich dabei um Puder handelte. Sollte es aber, wie Pinpoint glaub-

te, Hybrodiem sein, machte es junge Mädchen zu Huren und verwandelte Männer in geistige und körperliche Wracks.
Seine Finger arbeiteten hastig. Er zog alle Röhrchen aus ihren gepolsterten Verstecken und brachte sie in seinen Taschen unter. Zum Schluß hatte er rund dreihundert Gramm des weißen Pulvers bei sich. Je nach Grad der Streckung würde es nach dem Verschneiden mehr als hundertfünfzigtausend Galax bringen.
Drago fühlte plötzlich Schweiß auf der Stirn. Ein Betrag in solcher Höhe war verlockend und konnte in einem charakterlich weniger gefestigten Mann ein paar abwegige Gedanken erzeugen.
Er setzte die Auspolsterung wieder ein, probierte, ob sie auch fest saß und er keine Spuren hinterlassen hatte. Dann klaubte er Cyrils Utensilien vom Bett und verstaute sie wieder im Köfferchen.
Eine Minute später befand er sich in seiner eigenen Kabine, wo er die Ampullen in einem aus Terkonitgeflecht hergestellten Kästchen deponierte, dessen syntronisches Schloß nur auf seinen Daumenabdruck reagierte. Er steckte es einfach in das Seitenfach seiner Reisetasche. Kein Versteck, das von besonderer Intelligenz zeugte, wie er sich selbst eingestand. Doch andererseits hatte niemand eine Ahnung, daß er etwas zu verstecken hatte.
Dann ging er in das Büro des Zahlmeisters und ließ über einen Hyperraumkanal eine Verbindung mit dem Planeten Arghiro herstellen. Teilnehmer am anderen Ende war ein gewisser Fox Daroom in Port Wells. Während der Umtauschaktion, er grinste leicht bei diesem Gedanken, war ihm eingefallen, wie er den

Statthalter des Syndikats aus seiner Höhle locken konnte.
Cyril kam dann doch noch zu ihrem Kapitänsdinner, allerdings nicht mit dem Herrn über die TSCHATO persönlich, sondern sie nahmen ihr Abendessen in einem Bordlokal ein, das sich *Captain's Lounge* nannte.
Danach steuerten sie die Bar an. Als sich ihre Aufnahmefähigkeit für Cocktails erschöpfte, war es fast Mitternacht Bordzeit. Cyril gähnte übertrieben gekünstelt. »Bist du auch so müde?«
»Mmmh – wie müde meinst du?«
Sie legte seine Hand auf ihre rechte Brust und sah ihn herausfordernd an.
Er grinste. »*So* müde auch wieder nicht.«
»Was tun wir dann noch hier ...?«
»Ist das eine Aufforderung?«
»Nimm es, wie du willst.«
Er setzte sein halb geleertes Glas auf den Tresen, ergriff ihre Hand und verließ mit ihr das Lokal.
In ihrer Kabine fielen sie übereinander her wie zwei Feinde, die einen Kampf auf Leben und Tod ausfochten. Sie ließ ihm nicht einmal Zeit, sich ganz auszuziehen. Es war kein Beischlaf, wie er unter zivilisierten Menschen des dreizehnten Jahrhunderts Neuer Galaktischer Zeitrechnung üblich war, sondern ein animalischer, auf reine Triebbefriedigung ausgerichteter Akt von beinahe selbstzerstörerischer Hingabe.
Danach lag er erschöpft neben ihr auf dem Rücken, während sie sich schweißnaß an ihn schmiegte. Sie atmete noch eine Weile keuchend, ehe sie zur Ruhe kam und in den Schlaf glitt.

Drago lag mit hinter dem Kopf verschränkten Händen und starrte an die Decke der im Halbdunkel liegenden Kabine.
Seine Einstellung zu Cyril war mehr als zwiespältig. Auf der einen Seite würde sein Vorhaben wenn schon nicht zu ihrem Tod so zumindest zum Verlust ihrer Freiheit führen. Er sah keine andere Möglichkeit, wenigstens nicht zum jetzigen Zeitpunkt. Er konnte ihr nachsehen, daß sie ihn ohne Gewissensbisse für die Ziele des Syndikats ausnutzte. Er war ein Köder, und sie hatte angebissen. Daß er sie seinerseits dazu mißbrauchte, an das Syndikat heranzukommen, relativierte das Ganze wieder. Auf der anderen Seite war es diese Abhängigkeit von ihrer körperlichen Attraktivität, mit der er noch nicht klarkam. Leider hatte der Verstand keinen Einfluß auf dieses Gefühl. Er konnte nur hoffen, daß er im entschcidenden Moment das Richtige tat.

Kapitel 8

Arghiro, System Arghoo, Mitte Juni 1211 NGZ

Die Annäherung an Arghiro betrachtete Drago mit widerstreitenden Gefühlen.
Der Linienraumer trat vier Astronomische Einheiten über dem Nordpol der Sonne Arghoo mit der unvermeidlichen Gravitations-Schockwelle aus dem Hyperraum in die dreidimensionale Bezugswelt des Einsteinkontinuums ein und näherte sich schräg zur Ekliptik dem Zielplaneten.
Arghiro, vierter von sieben Planeten des Systems, lag nur 81 Lichtjahre vom Rand des Nogias-Sektors entfernt. Die erdgroße Welt besaß gemäßigte klimatische Bedingungen. Fünfundzwanzig Prozent der planetarischen Oberfläche wurden von zwei größeren, am Äquator gelegenen Binnenmeeren bedeckt. Der Rest der Landmasse teilte sich auf in Wüsten auf der Süd- sowie zerklüftete Gebirgszüge und trockene Hochebenen auf der Nordseite.
Der Planet war im 30. Jahrhundert alter Zeitrechnung zum ersten Mal von terranischen Landsuchern unter der Leitung eines ehemaligen Kommandanten eines Explorerschiffes namens Adam Arghoo angeflogen worden. Die Besiedlung setzte zweihundert Jahre später ein.
Inzwischen lebten knapp fünfunddreißig Millionen

Menschen auf dem gesamten Planeten, überwiegend Nachfahren von Terrageborenen, weshalb sich auf Arghiro auch viele Begriffe und Bezeichnungen des altterranischen Sprachgebrauchs erhalten hatten. Monos' Herrschaft hatte Arghiro relativ unbeschadet überstanden. Der Planet besaß nur wenige Bodenschätze, aber dafür eine überaus wertvolle strategische Position im All: Er lag nahe den Brennpunkten der Krisengebiete des ausgehenden dreizehnten Jahrhunderts NGZ.

Es gab nicht mehr sehr viele Gegenden, wo arkonidische und akonische Interessen aufeinanderprallten. Aber ein paar existierten doch. Der Riomasch-Sektor war einer davon, der Nogias-Sektor ein anderer. Wenn auch offiziell der kalte Krieg zwischen Akon und Arkon als beigelegt zu betrachten war, herrschte hinter den Kulissen vor allem der autonomen Teilgebiete weit weg von den Heimatwelten nach wie vor eine mehr als gespannte Atmosphäre.

Arghiro galt allgemein als offene Handelswelt, die sowohl zu den Arkoniden als auch zu den Akonen freundschaftliche Beziehungen unterhielt. Tatsächlich aber wurde Arghiro von der Liga Freier Terraner protegiert.

Waren die Konflikte zwischen den Völkern erst einmal endgültig beigelegt, würde sich auf Arghiro die diplomatischen Missionen der betroffenen Parteien etablieren. Dann waren Ländereien gefragt; die Immobilienpreise würden in astronomische Höhen steigen und einige Reiche noch reicher machen. Viju Drago hatte mit der Drago Immobilien Port Wells bereits einen Fuß in der Tür und konnte sich zu dieser Transaktion nur

beglückwünschen, wie er fand. Schon jetzt begann das Geschäft Gewinn abzuwerfen ...
Die TSCHATO landete nahe dem Hafengebäude von Athènee, der Hauptstadt des Planeten. Der Morgen war klar und sonnig, und die Luft hatte den für einen Raumhafen typischen Geruch. Nach planetarer Ortszeit war es 8.15 Uhr morgens, wie die Zeitanzeige am Kontrollturm jedem versicherte, aber Dragos inneres Chronometer beharrte störrisch darauf, daß es mitten in der Nacht sei. Am Himmel war noch der Atmosphärenmond Tarxiis zu sehen; dort oben, so wußte Drago, befand sich eine Nachschubbasis der LFT für den Nogias-Sektor. Von dort würde er, falls es nötig sein sollte, auch Hilfe bekommen.
Beim Ausstieg hatte er beschlossen, sich von seiner höflichen, aufmerksamen Seite zu zeigen und sich mit Cyrils Handgepäck zu beladen.
Athènee-Raumhafen war ein plötzlicher Ansturm intergalaktischer Akzente und fremder Idiome. Die Bediensteten von Zoll und Einwanderung zeigten kein Interesse, die Passagiere der TSCHATO aufzuhalten. Die Kontrolle der Personalien erfolgte oberflächlich.
Ein winziges Lächeln nistete in Dragos Augenwinkeln, als er bemerkte, daß Cyril sich verhielt, als stünde sie rein zufällig neben ihm. Er wußte, sie war bereit, beim ersten Aufkommen eines Verdachtes so zu tun, als würde sie ihn nicht kennen.
Aber sofort nachdem sie die Formalitäten hinter sich gebracht hatten, schien es ihr ungeheuer wichtig, ihn merken zu lassen, daß er für sie der Mittelpunkt der Galaxis war, und sie nahm ihm den kleinen Kosmetikkoffer wieder ab.

Aufatmend bugsierte Drago sie nach draußen und in Richtung des privaten Teils des Raumhafens. Nur langsam wich die Anspannung von ihm. Er stellte sich Cyrils Gesicht vor, wenn das Hybrodiem anstatt in ihrem Kosmetikkoffer unter seinem Reisegepäck gefunden worden wäre... Und erst die Gesichter der Raumhafenbehörde! Er hätte sicher einige Zeit und ein paar sehr freche Lügen benötigt, um diese Situation zu erklären, falls er je wieder das Gefängnis von Athènee verlassen hätte können, um ihr diese Erklärung zu geben.
Der grell rot-gelb lackierte Cargo-Gleiter aus dem Bestand von Dragos Dependance stand vor dem Hangar bereit. Ein Techniker wartete im Innern auf ihre Ankunft. Ohne ein Wort wuchtete er ihr Reisegepäck in den Laderaum. Genauso verfuhr er mit dem Handgepäck samt Kosmetikkoffer, bevor Cyril protestieren konnte – Drago sah, wie sie dazu ansetzte –; dann verschwand er wortlos.
Er half Cyril in das Cockpit; das an- und abkoppelbare Piloten- und Passagiermodul, das wie der Kopf einer Schildkröte an der Vorderseite des Frachtraums angeflanscht war, bot Platz für zwei Piloten plus vier Passagiere.
Während sie sich für die Ausstattung der Kabine interessierte und die Bequemlichkeit des hochlehnigen Kopilotensitzes ausprobierte, kontrollierte er Hilfsaggregat und Notausrüstung im hinteren Teil, die für Flüge über weite, wenig besiedelte Gebiete obligatorisch waren. Von ihr ungesehen schlüpfte er durch die kleine Irisluke zwischen dem Kupplungsring in den Laderaum. Er öffnete ohne Verzug seinen Koffer,

nahm die Metallschachtel an sich und kehrte wieder zurück. Er versteckte sie im doppelten Boden der großen Medo-Box, in dem Fox Daroom ab und an verbotene Stimulanzien für eine besonders zahlungskräftige Jagdgesellschaft nach Drago Wells schmuggelte. Dann ging er wieder in den vorderen Bereich, wo Cyril schon erwartungsfroh im Sitz Platz genommen hatte. Sie schien ziemlich aufgekratzt und war fröhlich wie ein tirylianischer Falter.

Drago erklärte ihr die wenigen Verhaltensmaßregeln, die sie wissen mußte, um bei einem Notfall nicht von der automatischen Rückhaltevorrichtung des Sitzes verletzt zu werden. Dann glitt er auf seinen eigenen Sitz, stellte die Füße auf die Pedale des Antigravtriebwerkes. Er griff unter den Sitz zur Mechanik der Verstellung und tat, als wollte er etwas an ihr richten. Seine Finger fanden den kleinen Impulsgeber, der mit einem Haftmagneten an der Unterschale klebte. Drago atmete innerlich auf. Auf Fox Daroom war eben Verlaß.

Von Cyril unbemerkt, steckte er das Teil in die Tasche seiner Jacke. Dann erbat er sich von der planetaren Flugüberwachung Angaben über die Wetterverhältnisse und überprüfte die Funktionsbereitschaft der Statusdisplays auf dem Instrumentenpaneel. Er ließ dem Bordsyntron eine exakte Peilung für die Strecke nach Mythali City, der zweitgrößten Stadt auf Arghiro, durchführen, obwohl er vorhatte, hauptsächlich nach Sicht zu fliegen, vor allem die restliche Strecke nach Port Wells. Aber Athènee-Flugüberwachung legte Wert darauf. Schließlich ließ er sich die Starterlaubnis geben und hob ab.

Der Boden blieb zurück, und als der Gleiter über den Hangar hinwegstieg, sah Drago im Schatten des Hangars eine Gestalt, die eindringlich auf einen anderen Mann einredete und nach oben gestikulierte. Trotz der schon erreichten Höhe hätte ihn Drago auch ohne den Nackenzopf und die muskulöse Figur als Zano Roc identifiziert. Er würde vermutlich nicht sehr lange brauchen, um herauszufinden, daß sie sich auf den Flug nach Mythali City befanden. Blieb die Frage, welche Reaktion dann kam.
Der Gleiter gewann ständig an Höhe und klinkte sich automatisch bei zweihundert Meter über Grund in den Verkehrsstrom ein, der zur Peripherie der Stadt hinausführte. Dort übergab die syntronische Verkehrsführung sämtliche Kontrollen an den Bordcomputer des Gleiters.
Sie ließen die Stadt hinter sich und stiegen auf zweitausend Meter. Drago schaltete die Impulstriebwerke auf optimale Reisegeschwindigkeit. Das Holo des Bordcomputers präsentierte ihm eine vollständige telemetrische Darstellung des Flugkorridors; alle Parameter waren im grünen Bereich.
Mythali City war rund tausend Kilometer Luftlinie entfernt, ungefähr zweieinhalb Flugstunden mit dem Cargo-Gleiter. Port Wells würde noch einmal eine halbe Stunde Flug benötigen.
Nach etwas mehr als der Hälfte der Flugstrecke verfärbte sich der Himmel purpurn, durchzogen mit schwefliggelben Streifen, und gewaltige Gewittertürme wuchsen vor ihnen auf, die bis hoch in die Stratosphäre reichten. Drago ging ein Stück hinunter, um unter den Wolken zu bleiben. Da der

Mehrzweckgleiter nicht über eine entsprechende Druckhülle verfügte, konnte er das Gewitter nicht überfliegen.
Nicht lange danach trommelten dicke Regentropfen auf die Glassitscheibe der Cockpitverglasung, und fasrige Blitze ließen Cyril in ihrem Sitz erschauern. Er lächelte ihr beruhigend zu, um ihr die Angst zu nehmen.
Der Gewittersturm, der sie ein wenig durchschüttelte, dauerte keine zwanzig Minuten, dann kam die Sonne Arghoo wieder zum Vorschein.
Drago ließ den Gleiter erneut steigen. Voraus waren schon die ersten Ausläufer des Vorgebirges zu sehen, eine steil aufragende Klippenfront, vom Tyborg-Fluß durchschnitten, der den fernen Gletschern der Tyborg Mountains entsprang und sich mäandernd seinen Weg durch das dem Hauptmassiv vorgelagerte breite Becken bahnte, in dem Mythali City lag.
Drago überflog die Stadt zehn Minuten später.
Von ihr lief der Fluß geradewegs nach Port Wells. Parallel dazu verlief eine breite Straße, der Drago in großer Höhe folgte.
Die Sonne stand im Zenit; es wurde heiß unter den gewölbten Scheiben des Cockpits. Drago veränderte die Polarisation, und Cyril schenkte ihm ein dankbares Lächeln, als es gleich darauf kühler wurde. Dann tauchte Port Wells auf.
Die Stadt lag inmitten der Berge auf einer langgestreckten Hochebene, die sich nach Norden hin in eine Wüste, die Desert Barrier, öffnete. Durch Planetenforming war die Umgebung der Stadt urbar gemacht worden. Port Wells zählte rund fünfzigtau-

send Einwohner. Der überwiegende Teil der Infrastruktur lag unterirdisch; zu sehen waren nur die lockere Bebauung der Wohnbezirke mit ihren vielen Grünflächen, kleinen Wasserläufen und artesischen Brunnen sowie die Hochhäuser des Geschäftszentrums, die nur von der Nadel des Kontrollturms am Rande des kleinen Raumhafens überragt wurden.
Die Stadt hatte einen Oberbürgermeister, Direktor genannt, und ein paar Subdirektoren, die sich um das Wohl der Einwohner sorgten. Drago hatte schon einmal mit ihm zu tun gehabt, als es darum ging, die Büros der Drago Immobilien Port Wells zu etablieren und ein paar Räume in einem Geschäftshochhaus der Innenstadt anzumieten, in unmittelbarer Nachbarschaft des Kett Tower, des Verwaltungssitzes der Stadt und der Residenz des Direktors.
Er änderte den Kurs und überflog Port Wells; es wurde Zeit, mit dem zu beginnen, was er vorhatte.
»Landen wir denn nicht?« Cyril sah ihn mit leichter Verwunderung an.
Er schüttelte den Kopf.
»Noch nicht«, gab er fröhlich zurück. »Ich möchte dir erst *Drago Wells* zeigen. Wenn du einmal allen Zwängen und dem Trubel hochtechnisierter Zivilisation entfliehen möchtest, ist dies der richtige Platz für dich. Viele Kilometer vom nächsten Laden entfernt und nur Bergwölfe zur Gesellschaft.«
»Mit dir würde mir das vermutlich sogar gefallen.« Sie bedachte ihn mit einem Blick, der ihm sagen sollte, wie ernst sie es meinte. Und das schmerzte irgendwie.
Drago Wells bestand aus einem flachen, niedrigen Hangar und dem aus Bruchsteinen und eisenharten

Holzstämmen erbauten Jagdhaus. Ein in altterranischer Architektur bewanderter Historiker hätte unschwer erkannt, daß es nach dem Vorbild eines Schweizer Bergchalets errichtet war. Es lag in einer grünen Oase am Ausgang der Hochebene; die von den Cañons herabstürzenden Gebirgsbäche speisten eine üppige Vegetation aus Arraweiden und Cumrukpalmen.

Drago ging auf zweihundert Meter hinunter und umkreiste das Anwesen. Von oben sah es verlassen aus; wahrscheinlich war der Verwalter wieder gegangen, nachdem er mit seinen Robots das Haus gereinigt und die Vorräte aufgefüllt hatte. Als Drago sich auf der den Bergen zugewandten Seite befand, griff er in die Tasche und drückte einen Kontakt an dem Impulsgeber, den er unter der Sitzschale gefunden hatte ...

Plötzlich schlingerte der Gleiter, sackte rund fünfzig Meter in die Tiefe, nur um einen Augenblick später wieder in die Höhe zu schnellen. Drago begann wie verzweifelt an den Kontrollen zu arbeiten. Das Gefährt taumelte seitwärts, und die Landschaft wirbelte vor dem Cockpit vorbei.

Auf dem Instrumentenpaneel begannen Warnleuchten aufzuflackern; der Flugcomputer stieß eine Reihe greller Warntöne aus.

Cyril schrie schrill auf. »Viju, tu was ... Verdammt, tu doch was!«

Wer jedoch etwas tat, war die Notfallautomatik. Gemäß ihrer vorgegebenen Parameter schloß sie zunächst die gepolsterten Klammern über Brust und Knien der Insassen – und dann stieß sie den Frachtcontainer ab. Ein harter Schlag ging durch das

Pilotenmodul, als die Dockklammern im Kupplungsring aufgesprengt wurden und der Container sich vom Gleiter verabschiedete. Drago sah ihn nach unten trudeln und in einem Gebiet mit zahlreichen nadelspitzen Felsen aufschlagen, wobei er zerplatzte wie eine überreife Melone und seinen Inhalt überallhin verstreute.
Drago spürte, wie die seitlichen Stabilisatoren schüttelnd aussetzten, und begann zu fluchen. Er würde sich Fox zur Brust nehmen, schwor er sich. Das war keinesfalls ein Schulungsprogramm für Novizen, wie er es eigentlich in den Bordcomputer eingeben sollte. So, wie's aussah, hatte er die verschärfte Form einer Crash-Notfallsituation für fortgeschrittene Piloten geladen.
Der Gleiter machte mehr Ärger, als er eigentlich sollte. Sie verloren schnell an Höhe und torkelten wie ein trellanischer Sporenpilz. Drago hoffte inbrünstig, daß er den Gleiter wieder unter Kontrolle bekam, bevor er wie ein Stein auf den Boden klatschte.
Eine verflucht leichtsinnige Aktion, schoß es ihm durch den Kopf, *und bloß um den Frachtcontainer zu verlieren.*
Aber es hatte ja überzeugend auszusehen. Schließlich wollte er mit diesem Manöver das Syndikat dazu zwingen, aus dem Schatten hervorzutreten, hinter dem es sich verbarg.
Von seinem Sitz beengt, betätigte Drago die Steuerung und malträtierte mit den Füßen die Pedale der Antigravtriebwerke. Es sah alles äußerst echt und sehr dramatisch aus. Schließlich hörte der Gleiter auf zu trudeln, gewann wieder an Höhe und verhielt sich wie gewohnt lammfromm.

Cyril saß mit bleichem Gesicht in ihrem Sitz. Ihre hellblauen Augen waren fast schwarz vor Angst.
»Oh, beim Himmel, Viju! Was hast du mir angetan?«
Natürlich hatte sie mitbekommen, wie der Frachtcontainer abgesprengt wurde. »Was soll ich jetzt bloß machen?«
Ihre Not ging Drago mehr zu Herzen, als es eigentlich sein sollte, aber soweit er nach außen wissen durfte, hatte sie bloß ihre Garderobe und ein paar persönliche Dinge verloren.
Zerknirscht sagte er: »Es tut mir verdammt leid, Cyril, daß du dich so geängstigt hast. Ich dachte, der Gleiter wäre überholt worden. Mit mir als Mechaniker wäre das nicht passiert.« Aber dieser Versuch eines Scherzes kam nicht bei ihr an.
»Was ... was mach' ich jetzt bloß?« wiederholte sie mit schwacher Stimme.
»Was hast du schon verloren, das nicht zu ersetzen wäre«, sagte er beruhigend. »Ich werde dir natürlich eine neue Garderobe kaufen, keine Frage. Gleich heute abend noch. Port Wells hat da ein paar supermoderne Einkaufspassagen.«
Sie schüttelte den Kopf und wirkte ganz elend vor Furcht.
»Darum geht es nicht, Viju. Ich hatte ... Da waren ein paar unersetzliche Erinnerungen in den Koffern. Sie gehörten meiner Mutter. Bitte, Viju! Können wir nicht landen und danach suchen?«
»Aber ja. Können wir.«
»Danke, Viju. Du bist sehr lieb ...«
Er lächelte ihr zu und steuerte den Gleiter wieder in die Nähe der Stelle, wo der Frachtcontainer aufgeschlagen

war. Sie landeten an einer einigermaßen glatten Stelle. Die mehr als mannshohen Felsnadeln glühten in der Mittagshitze. Schwitzend und keuchend erreichten sie die Trümmer des Containers. Von den Koffern war nur einer auffindbar. Der Rest mußte in die tiefen Spalten gefallen sein, von denen dieses steinige Areal durchzogen war.
Cyril war von der Suche ziemlich schnell erschöpft. Hinzu kam, daß sie eine panische Angst hatte, die immer deutlicher zutage trat. Drago fiel es schwer, aber er mußte ihren Zustand ignorieren.
Es war Nachmittag, als sie schließlich die ergebnislose Suche aufgaben und zum Gleiter zurückkehrten. Beim Start sagte sie bedrückt: »Viju! Ich fürchte mich.«
Er tat überrascht. »Wovor?«
»Bitte, halte mich nicht für kindisch, aber ich glaube, Zano ist hinter uns her.«
»Warum sollte er? Du bist ein freier Mensch und kannst tun und lassen, was dir beliebt. Außerdem«, er deutete durch die Cockpitscheiben auf die Berge und die menschenleere Ebene, »ist es kaum wahrscheinlich, daß er uns hier aufspürt.«
»Er wäre durchaus in der Lage, es zu schaffen.«
»Unsinn«, widersprach Drago in der Gewißheit, daß Zano Roc vermutlich schon in der Stadt war. »Mach dir nicht so viele Gedanken.«
»Tu' ich aber.« Ihre Oberlippe zitterte wie bei einem verängstigten Kind. »Müssen wir wirklich in Port Wells übernachten? Könnten wir nicht woanders hingehen, wo wir uns seinetwegen keine Gedanken machen müssen?«
Er wußte, daß sie auf das Jagdhaus anspielte. Es war

eine große Versuchung; er gab ihr nicht nach.
»Tut mir leid, Cyril ...«
»Bitte, Viju!«
»Nein!« Drago gab sich gewollt grob und bedauerte es gleichzeitig, als er ihr verstörtes, erschrecktes Gesicht sah. »Ich sehe nicht ein, warum wir uns wegen deines Adoptivbruders verstecken sollten. Auf Pontichos habe ich ihn geschont, weil ich einfach zuwenig über euer Verhältnis zueinander wußte. Sollte er mir hier über den Weg laufen, wird er mich von einer weniger freundlichen Seite kennenlernen.«
Sie wollte etwas erwidern, aber er gab ihr keine Gelegenheit zu weiteren Diskussionen. »Ich habe im *Royal Falcon*-Hotel zwei Zimmer reservieren lassen, und dahin werden wir jetzt fliegen.«
Drago startete den Gleiter.
»Gut, Viju«, sagte sie mit leiser, verlorener Stimme. »Wenn du es sagst ... Aber ... aber bitte paß auf mich auf, ja?«
Drago schluckte; etwas Schlimmeres hätte sie nicht sagen können. Obwohl er sich bemühte, sie nicht zu mögen, fiel es ihm immer schwerer.

Drago setzte zwanzig Minuten später den Gleiter auf dem für seine Firma angemieteten Landeplatz am Rande des kleinen Raumhafens nieder und gab ihn in die Obhut der Wartungsrobots. Sie würden ein neues Lademodul anbringen und die Sprengbolzen auswechseln.
Ein Miet-Bodenschweber wartete am Kontrollgebäude auf sie; eine weiße Doppelschale mit schwellenden Sitzen. Er half Cyril beim Einsteigen. Sie hatte sich

wieder unter Kontrolle und offensichtlich ihre Ängste verdrängt. Mit einem satten Geräusch erwachte das Aggregat. Er manövrierte den Gleiter aus der Parkbucht heraus und reihte sich in den schnellfließenden Verkehr auf der zweispurigen *Avenidae* ein, die vom Raumhafen ins Stadtzentrum führte.

Nachdem er zwei Kreuzungen passiert hatte, fiel ihm ein ockerfarbener Gleiter auf, der, obwohl sich immer wieder andere Verkehrsteilnehmer dazwischenschoben, stets etwa zweihundert Meter hinter ihnen blieb. Zu weit entfernt, als daß er mehr als die Umrisse zweier Männer erkennen konnte.

Drago runzelte die Stirn. Cyrils Angst schien nicht unbegründet, nur galt sie weniger Zano Roc, sondern mehr dem Syndikat und dem, was es mit ihr machen würde, sobald sie ihr Mißgeschick beichten mußte. Dabei hatte sie vermutlich nicht den Zipfel einer Ahnung von der wirklichen Unbarmherzigkeit, die das Syndikat Versagern gegenüber an den Tag zu legen pflegte.

Als sie vor dem *Royal Falcon*-Hotel ankamen, war der ockerfarbene Gleiter nicht mehr zu sehen.

»Willkommen in Port Wells!« sagte der Portier am Eingang des *Royal Falcon*.

Sie gingen durch die Halle zum Empfang. Der junge Mann hinter dem Tresen der Rezeption musterte angelegentlich Cyrils Erscheinung.

Drago räusperte sich. »Wenn du mit deinen Überlegungen fertig bist, mein Lieber«, sagte er kühl, »dann hätten Miß Quillian und Mister Drago – letzterer bin ich – gern ihre Zimmer. Drago Enterprises hat durch

unsere hiesige Niederlassung zwei Apartments in deinen feudalen Haus für uns reservieren lassen.«
»Äh – natürlich. Hier bitte!«
Es war später Nachmittag, und in der Lobby waren relativ wenige Gäste, die mehr oder weniger neugierig herüberstarrten.
Während sie sich eintrugen, erkundigte sich der Hotelmanager nach dem Gepäck.
»Kein Gepäck, wir kaufen alles hier in dieser schönen Stadt.«
»Vernünftiger Gedanke, Mister Drago.« Er winkte einem jungen Burschen. »Gjiero! Bring die Herrschaften hinauf. Zimmer drei-null-vier und drei-null-fünf.«
»Danke«, wehrte Drago ab. »Wir finden den Weg ...«
»Sehen wir uns nachher?« erkundigte sich Cyril, als sie vor ihren Apartments angekommen waren.
»Ich hoffe doch. In einer halben Stunde im Hotelrestaurant. Einverstanden?«
Die reservierten Zimmer waren durch eine Tür verbunden, die verschlossen war. Aber Drago wußte, daß er mit dem einfachen Algorithmus eines Türschlosses spielend fertig würde, falls er das beabsichtigte. Rasch inspizierte er das Zimmer und kontrollierte mit dem Piko-Scanner Decke, Wände und Fußboden nach versteckten Orterfeldern.
Nichts.
Drago zog sich aus, hängte die Kleider in den positronischen Reiniger, den er neben dem mechanischen Masseur entdeckte, und verzog sich unter die Dusche.
Das klimatisierte Hotelrestaurant animierte sie zum Essen. Cyril hatte ihr Haar zu einer komplizierten

Hochfrisur aufgesteckt und wirkte abwesend. Drago bemühte sich um eine lockere Unterhaltung; sie stocherte lustlos im Zwischengericht herum und lauschte seinen halb erfundenen Jagdgeschichten mit mäßigem Interesse. Während des Hauptgangs erwachten ihre Lebensgeister wieder, und beim Nachtisch machte sie sich schon wieder um ihr verlorenes Gepäck Sorgen. Und dann rückte sie mit ihrem Wunsch heraus, noch einmal dorthin fliegen zu wollen.

»Ich bezweifle«, sagte er und mimte den Verständnisvollen, »daß wir außer nutzlosen Fragmenten etwas finden werden. Nur, heute geht es nicht mehr. Ich habe Geschäfte in der Stadt.«

»Dann morgen?« Sie sah blaß aus, ihre blauen Augen waren trübe.

»Mal sehen ... Möchtest du mitkommen? Du könntest dir ein paar neue Kleider kaufen. Auf Kosten von Drago Enterprises selbstverständlich, aber das habe ich dir ja schon mal gesagt.«

»Gern.«

Auf der Fahrt in die Innenstadt hatte er weder verfolgende Gleiter noch Zano Roc entdecken können, aber das mußte nichts heißen. Drago setzte Cyril bei einer Einkaufspassage ab. Er war sich sicher, daß sie ein paar sehr, sehr unangenehme Momente vor sich hatte. Niemand in diesem gnadenlosen Gewerbe durfte Rauschgift im Wert von einhundertfünfzigtausend Galax verlieren und hoffen, dafür nicht büßen zu müssen.

Die Drago Immobilien Port Wells hatte ihren Sitz in einem Büroturm des Stadtzentrums. Viju warf die Gleitertür ins Schloß und ging ohne jede Hast unter den Kronen der hochstämmigen Cumrukpalmen zur Lobby. Im Innern trat er in einen der vielen Antigravlifts und verließ ihn vierzig Stockwerke höher wieder. Drago Immobilien hatte die gesamte Etage inne. Fox Darooms Privatbüro wurde von zwei neuen Vorzimmerdamen bewacht, die sich sichtlich beeindruckt zeigten, als sie erfuhren, wer Fox sprechen wollte.

Daroom war ein beweglicher Mann mit zynischem Blick und dem professionellem Gehabe des erfolgreichen Immobilienmaklers in einem gutgeschnittenen leichten Anzug. Er trug ein weißes Hemd, aber keine Krawatte. Seine persönliche Assistentin war anwesend. Im diskret abgeteilten Ende des großen Raums führten elegante, teure Apparate syntronische Zwiegespräche. Die Luft war so gut klimatisiert, daß sie von der draußen nicht zu unterscheiden war.

Alexandra McGovern hatte Fox ausgewählt und auf diesen verantwortungsvollen Posten fern von Terra gesetzt, wo er sich um das Planetenforming-Projekt Desert Barrier kümmerte und den Verkauf der urbar gemachten Parzellen vorantrieb.

Er bot Drago einheimischen Cumruk-Whisky an, den dieser tapfer schluckte, und sie erörterten die momentane Lage im Nogias-Sektor. Danach erledigten sie die wenigen geschäftlichen Probleme, die Alex Drago anvertraut hatte; man hätte sie ebensogut über Hyperraumkanäle erledigen können, aber die gute Alexandra legte großen Wert darauf, daß wenigstens von Zeit zu Zeit der Chef persönlich vorbeizuschauen hatte, wenn er schon mal in der Gegend war.

Drago zündete sich eine Zigarette an. Draußen senkte

sich die Abenddämmerung auf Port Wells herab.
»Danke für die Zimmerreservierung«, sagte er, »und den heftigen Auffrischungskurs in Sachen Notfallsituation.«
Er war neugierig. »Ich hoffe, du hast sie gebührend beeindrucken können, wie?«
In Fox Darooms Augen war Viju weniger der Besitzer von Drago Enterprises, sondern mehr ein Playboy, der es sich leisten konnte, sich mit dem Reichtum ein feines Leben zu gestalten, das in Fox' Vorstellungen unweigerlich mit schönen Frauen verbunden war. Von seiner Verbindung zur SOLEFT wußte er nichts.
»Aber ja. In ihren Augen bin ich jetzt ein Held.« Sie lachten beide. »Ich möchte die Apartments im Royal Falcon behalten, aber das Jagdhaus für eine Weile zu meiner alleinigen Verfügung haben.«
»Selbstverständlich, Viju«, sagte er. »Es ist für den Augenblick keine Jagdgesellschaft angemeldet. Ich gebe dem Verwalter Bescheid, daß er euch für ein paar Tage nicht ... hmm, nicht stört. Er hat die Vorräte erst vor zwei Tagen aufgefüllt, auch den Nahrungszubereiter. Sonst noch was?«

Als Drago im Hotel ankam, wurde es schon dunkel; Tarxiis stand hoch am Himmel, die beiden kleineren, namen- und atmosphärelosen Monde waren erst zwei Handbreit über den Horizont gestiegen. Die Bar des Royal Falcon war überfüllt. Drago warf einen Blick in den indirekt beleuchteten Raum, ehe er vorüberging und den Antigravlift im Hintergrund ansteuerte.
Irrte er sich oder hatte er tatsächlich jemanden gesehen, der ihn stark an einen Polizisten erinnerte?

Er hatte sich nicht geirrt.
Cyril schien noch nicht zurückgekehrt zu sein, zumindest reagierte sie nicht auf sein Klopfen. Mit einem dünnen Lächeln auf den Lippen öffnete Drago die Tür zu seinem Apartment, wobei seine Linke nach oben langte und nach dem haarfeinen Draht tastete, den er bei seinem Weggehen gespannt hatte.
Er war zerrissen!
Sein Lächeln wurde stärker. Die Luft aus dem Zimmer kam ihm warm entgegen, und mit ihr ein fremder Geruch. Er machte zwei Schritte in den Raum hinein. Hinter ihm schabte Stoff an Stoff, etwas Hartes bohrte sich in seinen Rücken und eine Stimme sagte: »Keine Bewegung! Laß die Hände, wo sie sind!«
Drago hob die Hände in Schulterhöhe.
Dann hörte er, wie die Apartmenttür hinter ihm geschlossen wurde. Er spürte die Anwesenheit eines zweiten Mannes.
»Setzen!« sagte die gleiche Stimme.
Er folgte dem leichten Druck der Mündung, ging tiefer ins Zimmer zu einem Sessel, drehte sich um und setzte sich.
Es waren zwei Männer. Ihre Anzüge waren gut geschnitten, jedoch nicht mehr ganz neu. Sie paßten ihnen auf eine merkwürdig betonte Art. Weniger merkwürdig war der schwere Strahler in der Hand des kleineren Mannes.
»Leg die Hände in den Nacken!« Die Mündung des Strahlers unterstrich diese Forderung unmißverständlich.
»Polizei?«
»Thakla, Stadtpolizei«, sagte der Mann mit der Waffe

barsch. »Merkt man das so deutlich?«
»Sagen wir einfach mal so: Ich habe einen Blick dafür.« Drago lächelte die beiden sanft an.
Der Mann, der an der Rezeption herumgelungert hatte, trat von der Seite an ihn heran und hielt ihm eine Plakette ins Gesichtsfeld. Die holographische Struktur wies ihn als Mitglied der örtlichen Polizeibehörde aus. Er trug wie sein Partner einen Anzug mit halbmilitärischen Schnitt, keine Waffe, machte aber den Eindruck, als könne er jeden Augenblick eine hervorzaubern. Jetzt sagte er: »Makan.«
»Erfreut, eure Bekanntschaft zu machen, kann ich wohl nicht sagen.«
»Ist auch nicht nötig.«
Ihre Augen blickte unbeteiligt. Die Männer waren weder böse noch besonders freundlich. Was sie hier taten, war Arbeit für sie, nichts sonst. Der Größere ging um Drago herum, während Thakla ihn in Schach hielt. Die beiden waren ein gutes Team. Aufeinander eingespielt, ergänzten sie sich großartig. Hände klopften Drago ab, fanden natürlich nichts. Makan trat zur Seite und gesellte sich wieder zu seinem Partner.
»Viju Drago, Bürger der Erde?« fragte er.
»Das ist mein Name«, bestätigte Drago. »Darf man erfahren, was ihr von mir wollt?«
»Wir nichts.«
Thaklas Augen blieben stur auf Drago gerichtet, während sein Partner durch das Zimmer tigerte. Er schien etwas zu suchen.
»Ach nein! Dazu braucht ihr diese Kanone?«
»Steck sie weg, Nam!« befahl Makan aus dem Bad.
Lustlos versenkte Thakla den Strahler unter der

Achsel. Zu Drago sagte er: »Du kannst die Arme wieder herunternehmen. Einen Rat: An deiner Stelle würde ich keine Schwierigkeiten machen.«
»Erwartet ihr denn welche?«
Darauf erhielt Drago keine Antwort. Er löste die Hände vom Nacken und bewegte die Schultern, um die verkrampften Muskeln zu lockern. »Was jetzt?« erkundigte er sich.
»Wir werden eine Fahrt unternehmen.«
»Wohin?«
»Die Fragen stellen wir«, machte Thakla klar.
»Natürlich. Und wozu?«
Thakla schüttelte tadelnd den Kopf. Doch dann antwortete er: »Der Chief möchte ein paar Worte mit dir wechseln.«
»Hat er wenigstens gesagt, warum?«
»Nein. Können wir gehen?«
»Jetzt?«
Thakla nickte ungehalten.
»Kann ich mich weigern?«
»Kaum.« Ein kleines, erwartungsfrohes Feuer glomm in seinen Augen auf.
Drago tat ihm nicht den Gefallen. »Wenn's denn unbedingt sein muß«, seufzte er und zuckte mit den Achseln.
Er war zu müde, um sich gegen die beiden aufzulehnen. Außerdem waren sie die Verkörperung von Macht und Gesetz in Port Wells. Seine Vorgesetzten hatte ihm bei der Ausbildung stets eingeschärft, alles zu unterlassen, was sie in eine Konfrontation mit den örtlichen Behörden bringen würde. Ihr Kampf richtete sich nicht gegen planetare Regierungen, sondern gegen

Kriminelle, Attentäter und Extremisten – und Institutionen wie das Syndikat.

»Gehen wir«, entschied Thakla. Er betrachtete Drago sekundenlang mit distanzierter Enttäuschung und fügte mahnend hinzu: »Keine Tricks!«

Kapitel 9

Der weiß lackierte, schwere Gleiter, dessen Fronthaube und Seitenwandungen mit wuchtigen Buchstaben verziert waren, die das Wort Polizei in Interkosmo ergaben, bewegte sich schnell über die belebten, hell erleuchteten Straßen. Drago lehnte in den Polstern und versuchte, die Fahrt durch Port Wells zu genießen.
Der Gleiter stoppte vor dem Kett Tower, Sitz der Verwaltung sowie der örtlichen Polizei. Drago wurde über eine Flucht von Rolltreppen, Antigravlifts und nüchterner Korridore ins Büro des Polizeichefs geführt.
Der Mann hinter der zerschrammten Platte schien in nachdenkliche Betrachtung einiger Datenfolien versunken zu sein, was Drago Gelegenheit gab, ihn sich genau anzusehen. Der Chief war ein derbknochiger Mann plophosischer Abstammung in kreideweißen Jodphurs und gleichfarbener Jacke. Sein samthäutiges Gesicht war viereckig und wie mit flüchtiger Hand modelliert. Damit es ja keine Zweifel an seiner Wichtigkeit gab, sagte zwischen all den Terminals ein goldgefaßtes Schild auf seinem Schreibtisch **Polizeidirektor Colm Suthra**. Jetzt hob er den Blick und betrachtete Drago. Der silbergraue Protokollroboter, der bislang unter der Decke schwebte, kam herunter und postierte sich über Suthras rechter Schulter.

»Gib mir deine Papiere«, sagte er mit leiser, milder Stimme und hatte dabei einen Ausdruck permanenter Traurigkeit auf dem Gesicht.
Drago ließ sich davon nicht täuschen. Er beschloß, auf der Hut zu sein. Er nahm seinen Ident-Chip aus der Brieftasche und reichte ihn ihm. Suthra warf einen kurzen Blick darauf, dann schob er ihn in den Schlitz eines Scanners und betrachtete den Monitor mit einer Inbrunst, als ob er eine Sensation erwartete.
Drago räusperte sich.
»Setz dich doch – bitte!« Mit einer flüchtigen Geste wies Suthra auf den Stuhl vor seinem Schreibtisch. »Die ganze Prozedur dauert leider ein bißchen. Du hast hoffentlich Verständnis dafür.«
Drago wußte, was das hieß. Die Syntronik würde in einen geschäftigen Dialog mit den Syntrons anderer Polizeidienststellen der wichtigsten Planeten treten, nicht zuletzt mit dem Zentralarchiv auf Terra, um die auf dem Chip gespeicherten Informationen in Relation zu intergalaktischen Steckbriefen zu setzten. Eine übliche Prozedur.
Aber die Anwort würde lauten: »Nichts bekannt. Keine relevanten Vorstrafen.« Pinpoint hatte für derlei Überprüfungen Vorsorge getroffen.
Drago setzte sich, legte die Hände auf die abgewetzten Armlehnen und stellte fest, daß der Stuhl äußerst unbequem war. Ein alter Trick, immer noch beliebt. Hoffentlich mußte er nicht zu lange darauf sitzen.
Es war lange still. Schließlich sprang der Chip mit leisem Klicken aus dem Scanner. Suthra gab ihn widerwillig zurück, lehnte sich in seinen wuchtigen Sessel und seine Blicke glitten musternd über Drago hin.

»Du bist tatsächlich von Terra«, sagte er endlich, als ob das als Erklärung reichte.
»Richtig. Du wolltest mich sehen?«
»Willst du lange hierbleiben?«
»Hängt davon ab«, antwortete Drago. Er hatte keine Lust, darauf einzugehen. »Aber mit Sicherheit so lange, wie ich es für nötig erachte.«
»Was machst du hier?«
»Geschäfte. Mir gehören Drago Immobilien und ein paar andere Firmen. Mein Generalmanager für diese Welt ist Fox Daroom. Wir handeln mit Grund und Boden. Meine Planetenforming GmbH macht hauptsächlich die Desert Barrier bewohnbar. Aber das ist dir ja alles bekannt. Laß uns also zur Sache kommen.«
»Bist du alleine gekommen?«
Es war sinnlos, sich herauszureden. »Mit einer Bekannten. Cyril Hope Quillian. Ist das gesetzwidrig?«
»Natürlich nicht.« Suthra blickte Drago einen Augenblick lang ärgerlich an. Dann senkten sich wieder die Wimpern über die dunklen Augen. Noch klang seine Stimme sanft, als er fortfuhr: »Das Problem ist – äh –, daß du heute mittag einen Flugunfall verursacht hast.«
Das war interessant. Woher wußte Suthra das? Drago hatte auf den Scannern niemanden im betreffenden Gebiet gesehen.
»Mein Bordcomputer, dieses verdammte Mistding, spielte für einen Augenblick verrückt«, gestand er mit bedauerndem Tonfall. »Die Notfallautomatik warf das Cargo-Modul ab. Mehr war nicht.«

»Warum dann die Landung?«
Auch das wußte er! Woher? Drago war sich sicher, daß sie keiner beobachtet hatte. Zumindest nicht direkt. Die Informationsbeschaffung seines Gegenübers war nicht schlecht.
»Ein Notfall«, behauptete er. »Wir gingen runter, um nach Überresten unseres Gepäcks zu suchen, das im Laderaum war.«
»Und wo ist da der Notfall?«
»Miß Quillian hatte ein paar wertvolle Erinnerungsstücke in ihrem Gepäck.«
»Mmmh. – Es hätte jemand zu Schaden kommen können«, beharrte er.
»Verdammt noch mal!« fuhr ihn Drago frostig an, der langsam die Geduld verlor. »Es ist mein Besitz. Niemand hat sich dort ohne meine Erlaubnis aufzuhalten. Und wenn du nicht glaubst, daß mir das Gebiet gehört, dann steck deine Nase gefälligst mal in die Daten des Grundbuchamts ...«
Suthra schnappte hörbar ein. Die Traurigkeit auf seinem Gesicht war verschwunden. Er stand auf, stützte die Hände auf die Schreibtischplatte, beugte sich vor und begann zu brüllen. In diesem Augenblick ging die Tür auf, und ein großer, schlanker Mann in einer teuren Abendgarderobe mit einem weißen Schal um den Hals stand auf der Schwelle.
»Hallo, Chief«, sagte er, »ich war gerade auf dem Weg zu einer Veranstaltung, da hörte ich dich reden.« Er lächelte Suthra freundlich an, der seinen Ärger schluckte und »Hallo, Bürgermeister« murmelte.
Der Neuankömmling gab Drago, der aufgestanden war, die Hand. »Kett«, sagte er. »Jedia Kett. Ich bin der

Direktor dieser Stadt. Du kannst auch Oberbürgermeister sagen.«

»Viju Drago«, antwortete der SOLEFT-Agent. »Ich freue mich, dich zu sehen. Wir kennen uns übrigens.«

Kett sah gut aus – braungebrannt, graue Augen unter einem Schopf schwarzer Haare. Das Kinn war kräftig und eckig. Es zeugte von der Entschlossenheit des Stadtdirektors. Nur ein bestimmter Zug um den Mund zerstörte den Eindruck von Rechtschaffenheit, den man ansonsten von ihm bekommen konnte. Aber das war bei Männern in seiner Position so üblich.

»Natürlich«, sagte er jetzt herzlich. »Ich erinnere mich. Drago Enterprises. Richtig? War es nicht anläßlich einiger Grundstücksübereignungen draußen in der Barrier?«

»Es ging mehr um das Anmieten einer Etage im Bürohochhaus für die Drago Immobilien«, erwiderte Viju, während er bemerkte, wie Suthra unbehaglich dreinblickte und sich wieder setzte. Geschah ihm ganz recht.

»Aber ja.« Kett legte Drago in einer freundlichen Geste die Hand auf den Arm. »Ich bin überzeugt«, sagte er in Suthras Richtung, »daß Mister Drago in Ordnung ist. Wo er doch fast schon als Einwohner unserer schönen Stadt gelten kann. Er ist bestimmt nicht in Schwierigkeiten, oder?«

»Sieh dir das an!« Suthra überreichte Kett eine Folie. Der Stadtdirektor las sie und betrachtete dann Drago mit einem leichten Stirnrunzeln. »Jemand scheint dich nicht sonderlich zu mögen.«

»Ich bin überrascht«, bekannte Viju. »Wer könnte das wohl sein?«

Kett wandte sich an seinen Polizeichef und gab ihm die Folie zurück. »Los, Chief! Er hat ein Recht darauf.«
Mürrisch starrte Suthra auf die Datenfolie. »Nach deinem Abflug von Athènee«, sagte er, »erhielten die dortigen Behörden einen Tip, daß du in Rauschgiftschmuggel verwickelt seist. Man informierte uns über diesen Verdacht und bat um Amtshilfe.«
»Rauschgift? Unsinn!« sagte Drago, der sich durchaus vorstellen konnte, wer ihm diese Anschuldigung eingebrockt hatte.
Wahrscheinlich wollte man ihm bei der Übergabe aus dem Weg haben; sie würden sich wundern. Ob Cyril schon von ihrem Mißgeschick berichtet hatte? Wenn ja, dann bewegte er sich ab jetzt auf sehr dünnem Eis.
»Wir werden sehen.« Suthra zuckte mit den Achseln und verzog das Gesicht zu einer undefinierbaren Grimasse.
»Stehe ich unter Anklage?«
»Nicht doch, nicht doch, Colm!« Kett lächelte seinen Chief mild an. »Oder?«
»Noch nicht, könnte aber geschehen.«
»Und wovon hängt das ab?«
Suthra sah Drago prüfend an. »Von deiner Kooperation.«
»Die wird im Moment sehr stark überstrapaziert«, erwiderte er nicht ohne Schärfe.
Einige Augenblicke sprach keiner. Dann lenkte Drago ein. »Na gut. Ich möchte nicht den Eindruck erwecken, mit der Polizei von Port Wells nicht zusammenarbeiten zu wollen. Was kann ich von meiner Seite aus tun, um diesen Verdacht zu entkräften? Genügt es, mein Hotelzimmer zu durchsuchen? Oder das von Miß

Quillian? Oder vielleicht den Gleiter, mit dem wir ankamen?«
Letzteres konnte er leichten Herzens vorschlagen; das Geheimfach war noch bei keiner Kontrolle entdeckt worden, wenngleich noch niemals so brisantes Schmuggelgut wie Rauschgift darin transportiert worden war.
»Ihr habt mein Einverständnis«, fuhr er fort. »Ich verlange dazu nicht mal den dafür unabdingbar vorgeschriebenen Durchsuchungsbefehl. Bringen wir es hinter uns, ich bin müde und möchte eigentlich nur noch ins Bett. – Moment!«
Drago schlug sich mit der flachen Hand gegen die Stirn. »Aber ja!« rief er und konnte ein Grinsen nicht unterdrücken. »Ihr seid bereits dabei …!«
Suthras starres Gesicht sagte ihm, daß er recht hatte; Thakla im Hintergrund des Büros hüstelte leicht.
Kett sah seinen Polizeichef scharf an. Sein freundliches, glattes Lächeln verhieß nichts Gutes. »Trifft das zu?«
Suthra wand sich sichtlich. »Wir brauchen uns nicht an das übliche Procedere zu halten, Direktor«, grunzte er. »Bei einem so schwerwiegenden Verdacht sind wir autorisiert …«
»Papperlapapp!« wischte Kett Suthras Einwand hinweg und wurde Viju immer sympathischer. »Ich wünsche, daß Mister Drago nicht länger belästigt wird.«
»Aber verdammt noch mal! Die Durch…« Suthra verstummte, als er erkannte, in welcher Lage er sich befand. Ohne Rückendeckung sozusagen.
»Ich sagte, laß es!« Hinter Jedia Ketts netter Fassade erhob sich unbeugsame Autorität. Dann sagte er zu

Drago gewandt: »Mein Chief ist mitunter ein wenig impulsiv und schießt gerne über das Ziel hinaus. Man wird dich nicht länger belästigen.« Er verschwand, den Duft eines teuren Rasierwassers zurücklassend.

Nachdem er das Büro verlassen hatte, bat Suthra Drago, wieder Platz zu nehmen.

Seufzend ließ sich Viju auf den unbequemen Stuhl fallen. »Ich weiß nicht, was …«

Eines der Terminals auf Suthras Tisch begann zu zirpen. »Chief«, kam eine drängende Stimme aus dem Akustikfeld, »die …«

»Sekunde!« sagte Suthra scharf und desaktivierte das Stimm-Modul.

Die Syntronik schaltete unverzüglich in den Textmodus, und der Chief las mit gerunzelter Stirn, was ihm der Teilnehmer am anderen Ende mitteilte. Aber es mußte nichts Erfreuliches sein, Suthras Miene verfinsterte sich zusehends. Schließlich schaltete ab und wandte sich an Drago. Er sah ihn lange frostig an.

»Fürs erste sieht es aus, als hättest du die Wahrheit gesagt.«

»Sag' ich doch. Meine Rede.«

»Aber täusche dich nicht. Ich werde dir auf den Fersen bleiben. Wenn ich dir einen Rat geben darf, so würde ich an deiner Stelle keinen Versuch machen, Port Wells innerhalb der nächsten Tage zu verlassen.«

»Das hatte ich allerdings vor«, versetzte Drago. »Ich muß hinaus auf die Barrier, um bei den Planetenforming-Teams nach dem Rechten zu sehen, und werde deshalb die Nächte in meinem Jagdhaus verbringen. Leider liegt das nun mal außerhalb der Stadt.«

Suthra fluchte, und Thakla gestattete sich ein leichtes

Grinsen. Der Chief stand auf, ging hinüber zu der holografischen, in Gradnetze aufgegliederten Landkarte und studierte das Gebiet der Desert Barrier.
Nach einer Weile sagte er: »Komm ja nicht auf den Gedanken, du wärst schon aus allem heraus!«
Er drehte sich mit einer heftigen Bewegung um, lehnte sich gegen die Karte und fügte wild hinzu: »Worauf wartest du noch? Verschwinde endlich! Ich möchte dein Gesicht nicht mehr sehen.«

Mit einem Taxigleiter kehrte Drago zum Hotel zurück. Obwohl die Fahrt nicht lange dauerte, bot sie ausreichend Gelegenheit, die Ereignisse zu überdenken. Er wurde von irgend jemand Mächtigem unter Druck gesetzt, bei dem es sich nur um den Statthalter des Syndikats handeln konnte, soviel war klar. Ebenso klar war, daß er, Drago, keine Ahnung hatte, wer sich dahinter verbarg. Diesen unbestreitbaren Vorteil hatte dieser Jemand.
Andererseits wiederum hatte dieser Unbekannte keine Kenntnis davon, wer sich hinter ihm verbarg. Und das war wieder von Vorteil für Drago.
Diesmal fing ihn immerhin kein Polizist ab, als er den Antigravlift betrat und sich nach oben tragen ließ.
Cyril war noch immer nicht zurückgekehrt, oder sie reagierte nicht auf sein Klopfen. Dann fiel ihm ein, daß sich Polizeidirektor Colm Suthra kein einziges Mal nach Cyrils Verbleib erkundigt hatte. Mit nachdenklicher Miene schloß Drago die Tür zu seinem Apartment auf. Die Luft aus dem Zimmer kam ihm warm entgegen. Er war in Gedanken noch immer mit dem großen Unbekannten beschäftigt und registrierte nicht sofort

den exotischen Duft, den seine Nase wahrnahm. Als er es tat, war er schon im Zimmer.
Hinter ihm schabte Stoff an Stoff, etwas Hartes bohrte sich in seinen Rücken, und eine leise, zittrige Stimme sagte: »Keine Bewegung! Laß deine Hände, wo sie sind!«
Drago folgte grinsend dem Befehl. »Gib acht, daß sie nicht versehentlich losgeht«, sagte er.
Hinter ihm erfolgte ein erstickter Aufschrei, Licht flammte auf. Und als er sich umdrehte, stürzte sich Cyril in seine Arme. Leise schluchzend klammerte sie sich an ihn. Sekundenlang blieben sie so stehen, dann schob er sie ein wenig zurück; sie war totenbleich unter all ihrer Bräune, die Augen aufgerissen, hektische rote Flecken zeigten sich auf ihrem Gesicht.
»Mein Gott ... ich ...«, stammelte sie. »Ich bin froh, daß du es bist.« Die »Waffe« in ihrer Hand fiel achtlos zu Boden, eine Haarbürste aus ihrer Handtasche. Sie blickte unruhig umher; es war nicht zu übersehen, daß sie krank vor Angst war.
Er küßte sie auf die Nase und bugsierte sie zu einem Sessel. Aus der Bar holte er ihr etwas zu trinken.
»Was ist geschehen?« fragte er, während seine Augen den Raum inspizierten.
Sein Zimmer war durchsucht worden, vermutlich Cyrils Zimmer ebenso. Colm Suthra hatte keine Zeit verloren, wie es schien. Oder war es jemand anders?
»Ich weiß nicht.« Sie verlor fast das Glas aus den Händen. »Ich war einkaufen und habe mich wohl ein wenig verzettelt. Als ich im Hotel ankam, sagte mir der Portier, daß du weggegangen seist. Die Türen zu deinem und meinem Apartment standen leicht offen.

Zuerst traute ich mich nicht, aber dann ging ich doch hinein. Es war alles durchsucht worden. Von wem, Viju? Warum?«

Warum wohl ..., dachte er und hatte das dumpfe Gefühl, als Bauernopfer in einem Schachspiel zu dienen.

Laut sagte er: »Ich weiß es nicht, mein armer Liebling. Aber hier scheint man uns nicht zu mögen. Höchste Zeit, daß wir verschwinden.«

»Du meinst ...?«

»Ja, wir fliegen nach Drago Wells und bleiben eine Weile dort.«

»Du hast Angst, daß es hier Ärger geben könnte?«

»Wenn Zano uns findet, hätte ich gern ein bißchen freie Fläche zum Schießen.«

»Du willst ihn erschießen?«

»Der Gedanke ist mir gekommen«, gab er zu.

Zu seiner Überraschung küßte sie ihn heftig und verlangend auf den Mund. »Vorsicht«, sagte er, »wenn du nicht willst, daß wir das Zimmer in Brand setzen.«

Sie konnte schon wieder lächeln. »Bei dir fühle ich mich sicher, Viju.«

»Dann nichts wie weg.« Da er nichts zu packen hatte, ging er mit Cyril hinüber in ihr Zimmer, wo sie ihre neu gekauften Sachen zusammensuchte und in einer großen Tasche unterbrachte, die noch das Preisetikett trug. Obwohl er es auf den ersten flüchtigen Blick nicht beurteilen konnte, zweifelte er nicht daran, daß ihr Apartment auch durchsucht worden war.

Drago gab die Schlüssel beim Nachtportier ab und bat darum, die beiden Apartments während ihrer vorübergehenden Abwesenheit freizuhalten.

Der Garagenrobot hatte den Schweber schon vor dem Eingangsbereich geparkt. Drago warf Cyrils Tasche auf den Rücksitz und half ihr in die Polster. Dann fuhr er schnell und konzentriert durch den abflauenden Verkehr zum Raumhafen.
Sie kamen unbehelligt an. Der Gleiter stand vor dem Reparaturhangar; ein neues Cargo-Modul war angeflanscht. Drago gab dem diensttuenden Dispatcher zu verstehen, daß er das Konto der Drago Immobilien damit zu belasten hatte; Fox Daroom würde darüber sicher wieder seine manikürten Augenbrauen runzeln. Sollte er.
Sie starteten fünf Minuten später. In ausreichender Höhe gab er dem Bordsyntron die Koordinaten von Drago Wells ein und überließ es der Automatik, den Gleiter ans Ziel zu bringen.
Gegen Mitternacht planetarer Zeit kamen sie an. Im Licht der drei Monde parkte Drago den Cargo-Gleiter vor dem Hangar und half Cyril aus dem Platz des Kopiloten.
»Syntron! Licht!« sagte er, als sie die wenigen Stufen zum Eingang hinaufgingen. Er führte Cyril kurz durchs Haus. Alles war sauber, aufgeräumt, die Räume waren klimatisiert, die Lebensmittelvorräte aufgefüllt. Man konnte hier leicht ein paar angenehme Wochen zubringen, ohne je einen Fuß vor das Haus setzen zu müssen.
Als er ihr die Schlafzimmer zeigte, hatte er die Vision einer ungestörten Nacht mit ihr.
Vor ihrer Tür blieb sie stehen. Sie sah bleich und müde aus, als sie sagte. »Entschuldige, Liebling. Ich bin völlig fertig. Ich muß duschen und dann ins Bett.«

»Kein Nachtessen?« Drago war selbst in keiner besseren Verfassung, aber er wußte, daß er vermutlich nicht gleich einschlafen konnte.

»Nein. Wir sehen uns morgen.« Sie gab ihm einen Kuß und ließ ihn im Gang stehen.

Kapitel 10

Am nächsten Tag schliefen sie lange und flogen am Nachmittag hinaus in die Desert Barrier, wo sie den Rest des Tages bei den Planetenforming-Teams zubrachten. Am darauffolgenden Tag zogen sich dichte Wolken über der Desert Barrier zusammen.

Sie verbrachten mehr als drei Stunden bei einer mühsamen und frustrierenden Suche nach dem verlorengegangenen Gepäck, bei der Cyril, von einem fast manisch zu nennenden Eifer besessen, die Aufschlagstelle Stein für Stein umdrehte und jede Spalte inspizierte, die groß genug war für einen Gegenstand von der Größe ihres Kosmetikkoffers. Als sie Anstalten machte, trotz eines heraufziehenden Sandsturms weitersuchen zu wollen, weigerte sich Drago. Er mußte grob werden, um sie zum Abbrechen zu überzeugen.

Schweigend flogen sie zurück, zwischen sich eine frostige Barriere, die keiner überwinden wollte.

Er half Cyril aus dem Sitz des Kopiloten und bugsierte den Gleiter dann in das Nebengebäude.

Als er sagte: »Laß uns duschen, umziehen und danach etwas essen«, nickte sie nur und zog sich wortlos in ihre Zimmer zurück.

Drago sah ihr nach. Sie übte nach wie vor eine nahezu animalische Anziehungskraft auf ihn aus. Einen Augenblick geriet er in heftige Versuchung, ihr nach-

zugehen. Doch er hatte eine Aufgabe zu erledigen. Das durfte er nicht aus den Augen verlieren.
Er verbrachte fünf Minuten unter der Dusche. Dann zog er sich um. Als er fertig war, trug er halbhohe Stiefel, eine weich fallende, pluderig zugeschnittene Hose, die an den Hüften eng saß und von einem breiten Gürtel mit vielen kleinen Taschen gehalten wurde, sowie ein weit geschnittenes Hemd ohne Kragen.
Einen Augenblick überlegte er, aber dann zog er doch den Energienadler aus einer Schublade. Er wog die kleine Waffe in der Hand und betrachtete sie; der klobige Lauf umschloß die ultrastarken Magnetfelder, mit deren Hilfe sie zentimeterlange, hauchdünne Hohlnadeln verschießen konnte, die mit einem starken, sofort wirksamen Betäubungsmittel gefüllt waren. Sie war ebenso in der Lage, Explosivnadeln zu verschießen. Das Magazin im Griff faßte hundert dieser Nadeln. Die Fluggeschwindigkeit der Projektile war regulierbar und schwankte zwischen fünfundvierzig bis zu fünfundsechzig Metern pro Sekunde. Drago steckte die Waffe in das extra gefertigte Hüftkoppel, nebst ein paar Zusatzmagazinen, und befestigte es in den Halterungen des Gürtels.
Auf den Ringfinger der rechten Hand schob er sich einen breiten, dicken Ring mit ziselierter Oberfläche. Er gehörte zur Standardausrüstung von Hanse-Spezialisten und LFT-Agenten. Zum Schluß schlüpfte er in eine leichte Sportjacke mit Schulter- und Ellbogenverstär-kungen aus dünnem, farbigem Leder.
Im Wohnzimmer wartete er dann auf Cyril. Sie kam keine fünf Minuten später, frisch und rosig, in eine leichten, weißen Overall gehüllt, und machte noch

immer keine Anstalten, etwas zu sagen.
Drago ließ sie in Ruhe und programmierte den Nahrungsaufbereiter mit einem kleinen Mahl nach Art des Hauses. Sie saßen im luxuriös eingerichteten Wohnraum vor der Panoramascheibe, die einen weiten Blick in die Landschaft gestattete; in Richtung Port Wells stieß ein startendes Raumschiff durch die Wolkendecke, und auf den Hochplateaus rotteten sich die Bergwölfe für die abendliche Jagd zusammen. Ihr Geheul war seit einiger Zeit zu vernehmen.
Nach dem Essen brach sie endlich ihr Schweigen.
»Sicher hältst du mich für kindisch, Viju«, sagte sie.
Er nickte. »Ich brauche ein paar Antworten. Zum Beispiel, weshalb du so verzweifelt nach deinem Koffer suchst. Sicher nicht wegen ein paar Andenken, die du darin aufbewahrst.«
»Vertraust du mir?«
»Nicht in dem Maße, um ohne Antwort auszukommen.«
Sie überlegte einen Moment zu lange. »Ich kann es dir nicht sagen. Tut mir leid ...«
Drago schüttelte den Kopf. »Nein, es tut dir nicht leid. Du vertraust *mir* nicht. Sagst du mir, was in dem Koffer war?«
»Ich kann nicht, Viju, wahrhaftig nicht. Es sind häßliche Dinge – Dinge, die du nicht wissen und in die du nicht verwickelt sein solltest.«
Er beobachtete sie, als er sagte: »Ich bin vielleicht schon darin verwickelt. Dank deiner Hilfe.«
Sie sah ihn erschrocken an.
»Man hat mir bereits wegen dieser Landung dort draußen eine Menge peinlicher Fragen gestellt. Hast

du das nicht gewußt?« fragte er eindringlich.

»Nein!«

Drago sah, daß sie log. »Und zwar, während du Kleider kaufen gegangen bist. Warst du nur einkaufen?«

Ihre Miene wurde noch verschlossener.

»Bitte frag mich nicht.«

»Das verstehe ich nicht. Was verheimlichst du mir? Hast du etwas angestellt? Wirst vielleicht *du* gesucht?«

»Es gibt Schlimmeres, als gesucht zu werden, Viju, viel Schlimmeres ...« sie verstummte mit flatternden Lidern.

»Red darüber!« drängte er.

»Das kann ich nicht.« Sie blieb starrsinnig, was seinen Ärger nur vergrößerte.

»Das ist blöde«, sagte er. »Außer, wenn du vor jemandem eine solche Angst hast, daß du um dein Leben fürchten mußt. Dann macht es Sinn.«

»*Du* machst mir angst, Viju. Weshalb reitest du so darauf herum?«

»Vielleicht lasse ich mich nicht gern zum Narren halten.«

»Weil du gerade davon sprichst ...« Sie runzelte die Stirn. »Mir ist gerade der Gedanke gekommen, daß du den Gleiter absichtlich in diese Notfallsituation gebracht haben könntest. Aber ja, so *muß* es gewesen sein!« Ärgerliche Verwunderung war in ihrer Stimme, als sie hinzufügte: »Nur dann ergibt alles einen Sinn.«

»Weshalb sollte ich so etwas tun?«

Sie sah ihn mit einem undefinierbaren Blick an. »Ja, weshalb?«

»Vielleicht, weil etwas an Bord war, das eigentlich nicht dorthin gehörte.«

Sie fuhr hoch. »Du weißt es?«
»Das herauszufinden war eigentlich nicht schwer.«
»Aber warum dann diese Show?«
»Ich mag keinen Dreck«, erwiderte er. »Nicht diesen *Dreck* jedenfalls. Oder Leute, die von seinem Verkauf profitieren.«
Ihre Lippen wurden verkniffen. »Wenn ich es nicht tue, tut es jemand anders.«
Das erinnerte Drago wieder mit Nachdruck daran, was sie war und weshalb er diesen Auftrag übernommen hatte. Seine Stimme klang kühl, als er sagte: »Dies stellt dich auf eine Stufe mit Kriminellen der übelsten Sorte.«
Sie zuckte vor der Härte in seinen Worten zusammen. »Willst du mich ins Gefängnis bringen? Ist es das, was du willst?«
»Verdient hattest du's, oder? Nur zu deinem Besten, versteht sich. Ein paar Jährchen in einer unwirtlichen Strafkolonie vollbringen manchmal Wunder.«
Sie beugte sich vor. »Aber was geht dich das an?« Und dann weiteten sich ihre Augen in plötzlichem Verstehen. »Aber ja … du hast das Ganze zu deiner Angelegenheit gemacht. Du hast mich belogen, reingelegt, hintergangen. Vermutlich schon auf Pontichos, als wir uns begegneten …«
»Ich denke eher, du bist diejenige, die gelogen hat. Ich war doch nur Mittel zum Zweck«, sagte er kalt.
Er war sich gleichzeitig bewußt, daß wohl jetzt *er* der Lügner war. Aber der Zweck heiligte ja bekanntlich die Mittel … Wo hatte er das nur gelesen?
Sie senkte den Blick, wohl wissend, daß er auf Terrania City anspielte. »Ich kann das alles erklären …«

»Mir mußt du nichts erklären. Aber vielleicht Zano. Er tut mir leid.« Es war gemein, aber notwendig.
Sie zuckte zusammen, dann lief sie rot an, ihre Augen blitzten.
Himmel, dachte Drago, *ist sie schön* ... Sie hätte ihn am liebsten geohrfeigt.
»Er wird nichts auf deine Gefühle geben. Wenn du dich nicht vorsiehst, wird er dich umbringen. Heute, morgen oder irgendwann.«
»Wenn er das tut, wirst du nie erfahren, wo ich dein Hyb versteckt habe.«
Es war still im Raum, eine ganze Weile.
Schließlich stand Cyril auf; ihr Parfüm weckte seltsamerweise Dragos Verlangen nach ihr. »Es ist gar nicht verschwunden?« Hektische rote Flecken zeigten sich auf ihren Wangen; neue Hoffnung keimte in ihr auf, ließ ihren Atem schneller gehen.
»Nein«, sagte er, »und du solltest mir dafür dankbar sein. So kann ich dir vielleicht dein Leben retten.«
Sie lachte schneidend. »Du Narr! Du hast dich soeben selbst umgebracht mit dem, was du getan hast.«
»Hör auf, dich so hysterisch zu benehmen. Du überschätzt deinen Boß.«
»Du Narr!« wiederholte sie mit ungewöhnlicher Schärfe und Bitterkeit in der Stimme. »Du hast ja keine Ahnung! Nicht den kleinsten Schimmer! Du bist jetzt schon ein toter Mann. Es sei denn ...«
»Ja?«
»Wir geben das Hybrodiem zurück.«
»Wenn du das glaubst, bist du dümmer, als ich gedacht habe«, versetzte er in ätzendem Tonfall. »Nur weil ich weiß, wo es ist, sind wir noch am Leben. Außerdem,

was wird dann mit deinem Kurierlohn?«
»Du kannst mich nicht beleidigen, Viju. Es geht mir nicht ums Geld, sondern um dein und mein Leben.«
Sie kam auf ihn zu, lehnte sich an ihn, und ihr verführerischer Mund murmelte nur wenige Millimeter von seinen Lippen entfernt: »Wo ist es, Viju?«
Erneut überkam ihn das Verlangen nach ihr, als er ihren festen Körper spürte. Dann erinnerte er sich daran, daß er ihr nicht mehr trauen konnte. Er schob sie zurück.
Sie wirkte niedergeschlagen. »Bedeute ich dir denn gar nichts?«
»Überhaupt nichts.« Dragos Stimme war eisig wie eine Kälteschlafkammer.
Sie war traurig. »Worauf warten wir?«
»Darauf, daß du jetzt deinen unbekannten Boß anrufst und ihm sagst, daß ich mit ihm reden will. Ich allein. Ansonsten kann er das Hybrodiem vergessen.«
Ihr Kopf fuhr hoch. »Du willst das Geschäft alleine machen? War das der Grund, weshalb du dich an mich herangemacht hast?«
Er zuckte nichtssagend mit den Schultern.
»Schuft!« schrie sie plötzlich. Sie war enttäuscht und mutlos. »Man wird uns beide umbringen. Zuerst mich, dann dich.«
»Quatsch nicht! Ruf an!« sagte er barsch.
Sie sah ihn lange mit kalten und feindseligen Augen an. Dann fragte sie: »Wo?«
Drago deutete auf die Tür im hinteren Teil des Wohnzimmers, wo sich eine leistungsfähige Videophon-Anlage befand, mit der man über syntronische Vernetzungen rund um den Planeten Verbindungen herstellen konnte.

Es war schwierig, etwas von dem zu verstehen, was sie sagte, aber er hörte doch, daß sie ein Gespräch nach Port Wells aufrief. Dann murmelte sie leise in das Mikrophonfeld. Drago machte sich nicht die Mühe, zu lauschen. Er würde bald wissen, mit wem sie in Kontakt trat.

Als Cyril zurückkam, sagte sie tonlos: »Du sollst warten. Man wird dich abholen.«

»Wer, Cyril?« sagte er drängend. »Wer? Willst du mir nicht endlich sagen, wer hier an den Drähten zieht?«

Sie schüttelte bloß den Kopf. »Du findest es schon noch früh genug heraus.« Sie setzte sich in eine Ecke der großen Couch und verbarg sich in ihrer eigenen, verzweifelten Welt.

Drago verließ sie nach etwa fünf Minuten und suchte einen Raum im Obergeschoß auf, den er bei seinen raren Aufenthalten auf Arghiro als Büro nutzte; von hier aus konnte er abhörsicher mit Terra kommunizieren, mit Stiftermann oder Olymp. Er setzte sich vor die Computerkonsole, tastete die Sensorfelder auf »Ein« und tippte einen ganz bestimmten Rufkode. Über die Statuszeile am unteren Bildschirmrand flirrten nacheinander die Bestätigungen der Relaisstationen. Dann erschien ein seltsames Schachbrettmuster, blau auf silbernem Grund, das Signum der LFT-Dependance auf Tarxiis. Ein kurzes, hartes Pfeifen ertönte. Es wiederholte sich.

Nach dem dritten Ton sagte Drago mit sorgfältiger Artikulation: »Kode Rot. Prioritätschaltung für 871010-C. Kode Rot.«

Er mußte fünf Sekunden warten. Dann zeigte der Bildschirm das Gesicht eines älteren Mannes mit den

Insignien eines Kommando-Sergeants der LFT auf den Ärmeln seiner Uniform, der ihn stumm ansah.
Drago berührte eine bestimmte Stelle an seinem Drachenring. Ein winziges Holo entstand über seinem Handrücken. Es zeigte einen dreieckigen Schild mit den drei Buchstaben LFT, darunter das stilisierte Logo des solaren Systems. Er hielt die Hand in die Aufnahmeoptik.
»Kom-Sergeant Lex Sharp.« In der Stimme des hageren Mannes schwang Überraschung. »Was kann ich für dich tun?«
»Hier spricht Nummer 871010 Strich C, Kodename Dragon. Ich brauche etwas Hilfe.«
»Hilfe in welcher Größenordnung?«
»Ein Einsatzteam in voller Kampfausrüstung dürfte wohl genügen.«
»Wohin?«
»Zu den Koordinaten dieser Sendestation.«
»Kein Problem.«
»Laß sie in den Felsen um dieses Haus Stellung beziehen und ihre Kanäle offenhalten. Wenn ich um Hilfe schreie, können sie in Aktion treten.«
»Verstanden. Noch was?«
»Ab wann steht das Team zur Verfügung?«
»Noch vor Dunkelheit.«
»Gut«, sagte Drago. »Ende.«
Die Funkbrücke brach zusammen. Eine Minute später saß er wieder im Wohnraum und wartete mit Cyril auf das, was kommen würde. Nach einer Weile räusperte er sich. »Hör zu«, sagte er. »Wenn ich weg bin, verschwindest du. Der Gleiter steht im Nebengebäude. Bei deinen Talenten wirst du sicher einen Ort finden,

wo du vor ihnen sicher bist, bis alles vorbei ist.«
Sie blickte ihn lange schweigend und unentschlossen an. Dann erlosch der Funke Hoffnung in ihren Augen, und sie schüttelte den Kopf. »Sie würden mich finden. Sie finden mich überall.«
»Unsinn«, sagte er barsch.
Cyril preßte sich in ihre Ecke und ignorierte ihn. Achselzuckend wandte er sich ab. Er hatte es zumindest versucht. Mehr konnte er nicht tun.
Nach weiteren zehn Minuten hörte er draußen einen Gleiter ankommen. Sie waren verdammt schnell und ließen keine Zeit vergehen. Drago ging mit Cyril an die Tür, und sie traten hinaus auf den Absatz der breiten Terrassenstufen. Cyril atmete erschrocken ein, und Drago lächelte kalt in Zano Rocs olivfarbenes Gesicht. Er war allein gekommen, stand schon vor der Tür, strotzend vor Kraft und Selbstsicherheit, und in seinen gelben Augen glomm es heimtückisch. Der Gleiter, der wenige Schritte hinter ihm auf seine Prallfeldern lag, war einer von der teuren, stromlinienförmigen Sorte, die nahezu Schallgeschwindigkeit erreichen konnte. Und er trug den Schriftzug des Verkehrsamtes!
»Ich soll euch bringen«, sagte Roc mit lauernder Stimme.
»Falsch«, sagte Drago sanft. »Nur mich. Sie bleibt. So ist der Deal.«
Zanos Augen bohrten ein Loch durch Dragos Kopf. Für einen Augenblick wurde es still. Dann sah Roc die Bereitschaft in Dragos Augen und schüttelte grinsend den Kopf.
»Nein, nein, Viju-Boy«, sagte er mit fast heiterer Gelassenheit. »Dies ist nicht der Ort. Du mußt dich

schon noch etwas gedulden.«

Drago nickte nachlässig. »Wann immer du willst. Trotzdem, sie bleibt«, sagte er noch einmal mit Nachdruck. »Wie abgemacht.«

»Na gut«, grunzte Zano, drehte sich um und ging auf den Gleiter zu.

Drago folgte ihm dichtauf, jede Sekunde irgendeine Schweinerei erwartend. Als sie den Gleiter fast erreicht hatten, hörte er hinter sich Cyrils Stimme, die ihm etwas nachrief.

Er wandte den Kopf nach ihr. Er hätte es nicht tun sollen. Roc verlor keine Sekunde. Drago spürte den brutalen Schlag auf den Hinterkopf kaum. Doch im gleichen Augenblick wurde in seinem Hirn durch einen Urknall das Universum neu geboren.

Der Schmerz nahm ihm den Atem. Er schrie auf, aber es nützte ihm nichts. Aus seinem Mund troff Blut. Er hustete. Jemand zog ihn über eine Treppe, und er fiel wieder in Ohnmacht. Sekunden bevor ihn das Bewußtsein verließ, hörte er noch jemanden fluchen.

Es war noch immer Tag, als er wieder zu sich kam. Er versuchte den Kopf zu heben. Sein Hals schmerzte. Seine Lippen mußten aufgeplatzt sein, denn er spürte nur eine dicke, formlose Masse. Er fühlte zwar kein Fesselfeld, konnte sich aber trotzdem kaum bewegen. Der Versuch, den Kopf zu heben, ließ ihn vor Schmerz aufstöhnen.

Ein Schatten beugte sich über ihn. »Sachte, sachte«, sagte eine raschelnde Stimme; etwas zischte auf. Der Geruch eines Aseptikums breitete sich aus. Finger befühlten Dragos Gesichts- und Mundschwellungen.

»Wer hat ihn so zugerichtet?« fragte die Stimme. Erneut beugte sich ein Schatten über Drago. Jetzt konnte er ein Gesicht erkennen. Über eingefallenen Wangen lagen glanzlose Augen tief in ihren Höhlen; der Ara war sehr alt.
Niemand gab eine Antwort darauf.
»Ich bin gefallen«, versuchte Drago einen Scherz, der kläglich mißlang.
Die Chemikalie, die man in seinen Kreislauf gepumpt hatte, entfaltete ihre Wirkung; die Schmerzen ließen nach, dafür wurde ihm übel. Er schloß die Augen.
Dann vernahm er ein schnelles, leises Flüstern, und jemand verließ mit raschen Schritten den Raum.
»Drago?« Eine neue Stimme.
Er versuchte, sich an sie zu erinnern. Ja, er kannte sie. Und die Erkenntnis, daß er am Ziel seiner Bemühungen angelangt war, erfüllte ihn mit Genugtuung – und mit Ärger darüber, daß man ihm ein großartiges Theater vorgespielt hatte.
»Hallo, Direktor«, sagte er langsam und öffnete die Augen. Sein Blick klärte sich. »Oder soll ich Oberbürgermeister sagen?«
Er lag halb in den Polstern eines Ledersessels. Ein kühler Luftzug strich über sein schweißnasses Gesicht. Langsam und vorsichtig wandte er den Kopf zur Seite. Sein Blick fiel auf hohe, halbgeöffnete Glassittüren, die auf eine breite Terrasse führten. Draußen begann der Abend. Dann schob sich Jedia Ketts Gesicht ins Blickfeld.
»Ah, du bist wieder da. Das freut mich. Wie fühlst du dich, Drago?«
Drago brummte nur.

In der glatten Politikerstimme lag diesmal keine Wärme, als sie fortfuhr: »Zano war wohl ein wenig zu grob mit dir. Aber ich konnte ihm die Bitte nicht abschlagen, Du verstehst …«
»Ja, ja«, sagte Drago. »Wo ist Cyril?«
»Du bist um die junge Dame besorgt?«
»Ich möchte nur wissen, wo sie ist.«
»Sie ist ein entzückendes kleines Wesen – und sie lebt noch. Roc kümmert sich um sie. Aus irgendeinem Grund hat er eine tiefe Abneigung gegen dich. Ganz im Gegensatz zu seinen Gefühlen für deine Cyril.«
Drago spürte einen Stich in der Magengegend.
»Es ist wohl eher seine Cyril«, sagte er mit rauher Stimme und hustete.
Eine kleine Flamme zuckte auf, Zigarettenrauch stieg ihm in die Nase. Kett steckte ihm eine Zigarette zwischen die aufgesprungenen Lippen.
»Die letzte Zigarette für einen zum Tode Verurteilten?« fragte er.
»Unsinn. Du weißt genau, daß wir dich noch brauchen.«
Das nehme ich dir ab, dachte Drago, *aber nur, bis du das bekommen hast, hinter dem du her bist …*
Laut sagte er: »Wie spät ist es?«
»Es ist sieben Uhr abends – ein hübscher Abend übrigens. Aber das dürfte für dich nur von untergeordneter Bedeutung sein.«
Drago bewegte sich, setzte sich aufrecht hin. Vor seinen Blicken öffnete sich eine Bürosuite. Ein Raum, in dem Steuerhinterziehungen geplant und politische Entscheidungen getroffen wurden. Eine Wand war mit Kunstobjekten bedeckt, die vermutlich ebenso einzig-

artig wie wertvoll waren: holografische Gemälde, Plastiken, mechanische Spielereien. Wahllos im Raum verteilt mehrere Sitzgruppen in Leder, niedrige Tische mit Glas- und Steinplatten. In Vitrinen wuchsen exotische Pflanzen, von Spotlights effektvoll beleuchtet. Die Suite war in mehreren Ebenen angelegt. Hinter einem mächtigen Pfeiler aus Natursteinen, der einen Kamin darstellte, führte eine Treppe auf eine Art Galerie hinauf, von der das Glimmen mehrerer Holotanks und Displays gegen die übrige Beleuchtung ankämpfte.

»Darf ich aufstehen?« fragte Drago.

»Aber ja.«

Natürlich fühlte sich Kett sicher; man hatte Drago während seiner Ohnmacht alles abgenommen, was auch nur im entferntesten nach einer Waffe aussah; auch den Armband-Kom. Er trug nur noch seine Ringe an den Fingern. Welche Gefahr sollte also noch von ihm ausgehen?

Kett erhob sich. Er ging hinaus auf die Terrasse und winkte Drago zu sich heran.

Erst als Drago auf den Beinen war, sah er hinter sich den Hauri, der mit einem wuchtigen Strahler in der Armbeuge jede seiner Bewegungen verfolgte. Vor der breiten Flügeltür, die aus der Bürosuite hinausführte, standen noch zwei bewaffnete Leibwächter.

»Ist das nicht ein bißchen viel Armee für einen einzelnen Mann?« sagte er zu Kett, als er auf ihn zutrat, den Wächter dicht hinter sich spürend.

Der Direktor zuckte mit den Achseln. »Reine Vorsichtsmaßnahme. Nichts Persönliches.«

Drago stellte sich neben ihn. Er roch diskret und teuer

nach einem exklusiven Toilettenwasser. Jenseits der Balustrade hatte man einen schwindelerregenden Blick über Port Wells. Tief unter ihnen waren die Straßen voller winziger sich bewegender Fahrzeuge; der Lärm drang nur undeutlich herauf.
»Eine wohlhabende, gut funktionierende Stadt ist etwas Wunderbares«, sagte er. »Ich bin sehr stolz, an ihrer Spitze zu stehen. Sehr stolz.«
»In der Tat, es ist eine große Verantwortung«, sagte Drago zweideutig. »Nur schade, daß sie von jemanden mit soviel krimineller Energie ausgeübt wird. Einem Gauner, Betrüger und zigfachen Mörder.«
Kett zeigte sich nicht im mindesten betroffen.
»Du sagst es. Aber das schönste: Niemand weiß es – und niemand wird es je erfahren.«
»Da sei dir mal nicht so sicher.« Drago schnippte den Zigarettenrest über die Brüstung. Die Glut zog eine sprühende Spur – und blieb dann mitten in der Luft hängen.
Natürlich! Das Stockwerk war mit einer funktionierenden Rückhaltevorrichtung ausgestattet. Die Idee, Kett einfach von der Balustrade in die Tiefe zu stürzen, um so das Problem dieser Stadt und das vieler, vieler Menschen auf anderen Welten zu lösen, konnte er abschreiben.
»Ts, ts, ts.« Jedia Kett sah ihn seufzend an und schüttelte tadelnd den Kopf; er hatte sehr wohl erkannt, was in seinem Gefangenen vorgegangen war. »Das funktioniert so nicht. Du enttäuschst mich ein bißchen.«
Er ging zurück in den Raum. Der Wächter machte eine Bewegung mit der Waffe; Drago folgte der stummen Aufforderung und trottete hinter Kett her.

Der deutete mit der Hand auf einen Sessel. »Komm, setz dich!« Er selbst blieb stehen.
»Jetzt zum Geschäft«, sagte er. Zum ersten Mal bröckelte seine Politikerfassade, und er zeigte, wer er wirklich war: ein gieriger Rauschgifthändler. Seine Stimme klang schneidend: »Wo ist das Hybrodiem?«
»Versteckt.«
Ketts Augen wurden hart. Drago spürte die abgrundartige Bösartigkeit, die ihm entgegenschlug, fast körperlich.
»Ich bewundere dich, Drago«, sagte er. »Gleichzeitig halte ich dich für ausgesprochen dumm. Du hättest dir viele Unannehmlichkeiten ersparen können – oder beziehungsweise ihr.«
»Was heißt das: *ihr*?«
»Was wohl …«
»Cyril kann dir nicht helfen. Sie weiß nicht, wo das Hyb ist.«
»Darum geht es nicht. Aber du tust mir leid.«
»Leid?« fragte Drago stirnrunzelnd. »Wieso das?«
»Paß auf.« Kett machte eine Handbewegung – und ein Holofeld baute sich zwischen ihnen auf. Dragos Blicke hingen an dem Kubus, als er sich erhellte. Wellenlinien flimmerten auf, dann wurde ein Bild erkennbar.
Drago erblickte einen Ausschnitt eines Zimmers. Es enthielt keine Möbel außer einem Stuhl. Darauf saß eine Frau, den Kopf gebeugt, blonde lange Haare hingen ihr in die Stirn, so daß ihr Gesicht nicht zu sehen war. Als er etwas sagen wollte, kam Zano Roc ins Bild. Er trat neben die Frau und blickte fragend auf Kett, der ihm zunickte.
Zano packte die Frau an den Haaren und hob den Kopf,

wodurch das Gesicht erkennbar wurde.
Es war Cyril. Ihr Gesicht war verschwollen und blutig. Und sie sah ihn an. Nicht etwa Roc oder den Direktor, sondern ihn. Verwirrt und ungläubig, mit aufgerissenen Augen. Nicht verstehend, warum er es zuließ, daß man ihr das antat.
Und während er noch zuschaute, schlug Roc ihr mit dem Handrücken ins Gesicht. Dann ballte er die Hand, setzte ihr die Faust seitlich an den Kopf und stellte sich dabei vor sie, so daß man nicht erkennen konnte, was er mit ihr tat.
Aber man hörte sie schreien.
»Ihr Schweine«, flüsterte Drago rauh und starrte den Direktor aus blutunterlaufenen Augen an.
»Aber, aber«, tadelte Kett und rieb sich sein gut rasiertes Kinn; er sah richtig glücklich aus. »Schau ruhig hin. Es wird nicht lange dauern. Aber sie wird dich jede Sekunde ihres kurzen Lebens für das hassen, was du ihr antust.«
Wieder schrie Cyril auf.
Dragos Verstand arbeitete fieberhaft. Die Sache schien ihm aus den Händen zu gleiten. Ganz egal, wieviel Schlechtes Cyril schon in ihrem Leben getan hatte, er konnte nicht zulassen, daß Roc sie umbrachte.
Erneut ein durchdringender Schrei.
Lange konnte er das nicht ertragen. Er versuchte, die Schläge und ihr angstvolles Stöhnen nicht zu hören. Aber das war Wunschdenken. Die Schmerzen Cyrils wurden ihm mehr bewußt als seine eigenen. Das hatte er bei seinem Plan nicht einkalkuliert. Er hatte zwar gelernt, daß man sich durch den Tod eines Kameraden oder Freundes nicht irremachen lassen durfte. Aber er

war ein Mensch. Er war nicht wie Roc oder Kett. Er mußte sie daran hindern, Cyril zu ermorden.
»Aufhören!« stieß er hervor. Und dann noch einmal: »Aufhören! Ich sage es euch.«
»Wo?«
»Auf meinem Besitz, Drago Wells.«
Kett seufzte zufrieden und lehnte sich zurück. Er winkte Roc im Holo zu.
»Komm herüber«, sagte er und desaktivierte das Feld. Dann wandte er sich wieder an Drago. »Wo genau?«
Drago schüttelte den Kopf. »So läuft das nicht. Hältst du mich für blöd? Niemand kommt daran, wenn ich nicht dabei bin. Die Syntronik akzeptiert nur mich.«
Kett war nicht sonderlich begeistert. Seine Stirn faltete sich, nachdenklich massierte er sein Kinn. Dann gab er eine Reihe Befehle in einen Tisch-Kom.
Zano Roc kam herein und wischte sich die Hände an einem Tuch ab, das er dann achtlos fallen ließ. Er bedachte Drago mit einem lauernden Blick, ging zur Bar und mixte sich etwas.
Der Türsummer ging, und ein Mann in einer Pilotenkombi näherte sich. »Direktor«, sagte er, »der Gleiter ist startbereit.«
»Gut, gut«, nickte Jedia Kett.
Rocs Stimme kam aus Richtung Bar. »Was geschieht mit ihr?« fragte er.
»Sie bleibt, bis du mit dem Stoff zurückkommst. Dann überlasse ich sie dir.« Er lächelte wieder sein glattes Politikerlächeln.

Sie kreisten kurze Zeit über Drago Wells, bevor sich der Pilot zur Landung entschloß. Das Haus stand offen und sah verlassen aus. Vom Team der LFT war nichts zu sehen, wie verabredet.

Hoffentlich ist es überhaupt gekommen, dachte Drago, *sonst …* Besser, er spann den Gedanken nicht zu Ende.

Der Pilot landete den Gleiter auf dem Vorplatz. Der Himmel hatte das zwielichtige Dunkelbraun der Arghiro-Dämmerung angenommen. Die Luft wurde kühl. Vereinzelt waren die ersten Sterne in diesem Abschnitt der Galaxis zu sehen.

Roc tippte mit dem Strahler an Dragos Kehle. »Hör gut zu, Viju-Boy. Du tust, was ich dir sage. Wenn nicht, werde ich dich umbringen, und zwar ziemlich schmerzhaft. Verstanden?«

»Ja«, sagte Drago. Was blieb ihm anderes übrig?

»Wir beide steigen jetzt aus. Und du zeigst mir, wo du das Hyb versteckt hast. Kapiert?«

Sie stiegen aus. Der Pilot blieb im Gleiter. Der Hauri postierte sich vor dem Einstieg.

»Also?« Roc wirkte eine Spur ungeduldig.

»Dort!« Drago wies auf die Remise, in der die Gleiter und Jagdgeräte untergebracht waren.

»Gehen wir.« Den freundlichen Stoß in den Rücken wertete Viju als Aufforderung, sich in Marsch zu setzen.

Roc blieb wie ein Schatten hinter ihm. Er war wirklich der Beste in der Ausbildung gewesen. Er stand nahe genug, um ihn mit dem ersten Schuß zu treffen, aber nicht so nahe, daß ihm Drago die Waffe entwenden konnte.

Das letzte Tageslicht reichte eben noch aus, um etwas zu erkennen.

Der schwarze Umriß des Schiebetors ragte vor ihnen

auf; Drago legte die Hand auf die Sensorplatte. Eine Hälfte des Tores schob sich auf gutgeölten Gleitlagern nahezu lautlos auf.
Als sie eintraten, flammte das Licht auf und warf eine helle Bahn nach draußen bis dorthin, wo der Gleiter stand. Der Hauri lümmelte gegen die Rumpfwandung und rauchte eine Zigarette; die Glut leuchtete rhythmisch auf. Das Gesicht des Piloten zeigte eine geisterhafte Bläue, die von den Instrumenten stammte.
»Mach voran!« kam Roc drängende Stimme. »Schlag keine Wurzeln!«
»Ist ja gut«, sagte Drago, und leise murmelte er: »Ich brauche *Hilfe* …«
»Du wirst alleine zurechtkommen«, grunzte Roc, der Dragos Ansuchen um Hilfe persönlich nahm. Trotzdem verengten sich seine Augen. Erste Anzeichen eines noch unbestimmten Argwohns machten sich auf seinem Gesicht breit. Er hob den Strahler. »Los jetzt!«
Drago ging hinüber zum Cargo-Gleiter. Die Angst fraß an seiner Konzentration. Wenn das Team nicht rechtzeitig erschien, würde er in wenigen Minuten sterben, soviel war gewiß. Er suchte nach eine Möglichkeit, wie er Roc vorher töten konnte.
Er öffnete die durch eine Rückhaltefeder gesicherte Klappe mit dem stilisierten Äskulapstab; die Medo-Box mit ihrem Schmuggelfach war auch von außen zugänglich. Eine Hand fand das Hybrodiem, mit der anderen durchwühlte er den Inhalt der Medo-Box, aber er fand nichts, womit er Roc hätte umbringen können, es sei denn, er erdrosselte ihn mit den Mullbinden. Als er sich mit der Metallschachtel herumdrehte, sah er plötzliche Mißtrauen in Rocs Augen aufleuchten.

»So einfach?« Rocs gelbe Augen verengten sich. »Das war das ganze Versteck?«
Drago zuckte mit den Achseln. »Das Einfache ist oft das Schwierigste«, sagte er gleichmütig und schätzte seine Chancen ab.
Zano Roc stand ihm am nächsten. Ihn mußte er als ersten ausschalten. Aber inzwischen konnten die beiden anderen nach ihren Waffen greifen und ihn von draußen erledigen. Ob er sie beide gleichzeitig außer Gefecht setzen konnte? Und vor allem womit?
Die Zeit verrann. Verzweifelt suchte er nach einem Ausweg. Sollte er Zano die metallene Schachtel mit dem Hybrodiem an den Kopf werfen? Vorstellungen dessen, was man alles mit ihm anstellen würde, geisterten durch sein Gehirn. Mit rauher Kehle sagte er drängend: »Ich könnte jetzt wirklich *Hilfe* brauchen!«
»Wahrhaftig, das könntest du«, sagte Roc mit seiner geschmeidigen Stimme und machte wieder einen Schritt auf ihn zu. »Aber hier müßtest du schon recht laut schreien, wenn dich einer hören soll. Und hier ist nicht Terrania.«
Einen Augenblick dachte Drago über Zanos Worte nach, dann sagte er: »Die beiden vor meinem Apartment waren also doch von dir, handelten in deinem Auftrag?«
Roc lächelte wieder breit und selbstgefällig. Sein makelloses Gebiß blitzte im Licht. Er genoß sichtlich die Situation, als er ihn angrinste. »Ich dachte, sie würden sich gründlicher um dich kümmern. Diese Stümper, wenn man nicht alles selbst erledigt... Na ja! Rausgeschmissenes Geld.«
Er trat einen Schritt zurück. »Los, wirf sie rüber zu

mir!« sagte er und unterstrich seinen Wunsch nachhaltig mit dem Strahler. Er ließ ihm nicht den Hauch einer Chance. Auch als er sich bückte und die Schachtel aufhob, blieben seine Augen und die Abstrahlmündung des Thermostrahlers unverrückbar auf Drago gerichtet.

Wo bleibt ihr denn, Leute ...?

Roc winkte den Hauri herbei, übergab ihm das Hybrodiem und schickte ihn wieder zum Gleiter zurück. »Verstaut es«, sagte er, »und wartet auf mich. Ich bin hier fast fertig.«

Drago bekam plötzlich einen trockenen Hals, als er sich vorstellte, daß er vermutlich gleich sterben würde. Roc würde sich diese Gelegenheit nicht entgehen lassen. *Dies war der richtige Ort.*

Seine Gedanken überstürzten sich. Sollte er wirklich hier sterben? Nein, er würde jede nur denkbare Möglichkeit ergreifen, dem zu entgehen. Alle Kräfte mobilisierend, konzentrierte er sich darauf, sich auf Roc zu stürzen und ihm die Finger in den Hals zu krallen. Er wußte auch schon die Stelle, wo er am sichersten die Halsschlagader zerreißen würde ...

Ein gleißender Suchscheinwerfer tastete sich durch die Dunkelheit, fuhr wie ein riesiger Zeigefinger über den Vorplatz, konzentrierte sich auf den Gleiter am Boden. Der Hauri machte den Fehler, seinen Thermostrahler hochzureißen und zu feuern; auch der Pilot schoß mit seinem Handstrahler in die Dunkelheit jenseits des Scheinwerfers. Ein mächtiger bläulicher Blitz flammte auf und schlug in den Gleiter. Eine donnernde Explosion zerriß das Gefährt, verbrannte Ketts Männer mitsamt dem Hybrodiem zu Asche, die der Detonationsdruck in alle Winde zerstreute.

Eine atemlose Sekunde lang verharrte Zano Roc bewegungslos. Dann handelte er. »Dreckskerl!« schrie er. Der Thermostrahler zuckte in seiner Hand. Ein eng gebündelter, gleißend heller Strahl löste sich und fuhr auf Drago zu, der noch eine Ausweichbewegung versuchte. Glühend und brennend wie flüssiges Metall bohrte sich der Strahl in seine rechte Seite, durchdrang mühelos das Fleisch und schwärzte die gegenüberliegende Wand.
Die Gewalt des Einschlags ließ ihn herumfliegen, so daß seine Arme rotierten. Seine rechte Hand traf noch die offene Klappe, aber das hielt ihn nicht auf. Mit ineinander verhakten Fußgelenken fiel er gegen die Flanke des Gleiters, rutschte langsam ab und blieb verkrümmt am Boden sitzen.
Dies alles dauerte nur Sekundenbruchteile. Drago war nicht tot. Er war nicht einmal bewußtlos. Er zog die Knie an den Leib und preßte die Hände darum. Der Thermostrahler hatte ihm ein Stück aus der Seite weggebrannt; es stank widerlich nach versengtem Fleisch und verkohlter Kleidung.
Der Schmerz wühlte tief in Dragos Körper. Er spürte, wie er die Wirbelsäule hinaufkroch. Mit dem Rücken lehnte er an dem Gleiter und verfolgte schmerzgepeinigt, wie Roc näher kam.
»Dich bringe ich um«, knurrte er. »Das wirst du büßen.« Er zielte auf Dragos Kopf.
Viju nahm die Hände von den Knien. Langsam begann er, seine Beine auszustrecken. Die Anstrengung und die Schmerzen ließen ihn aufstöhnen. Befehle drangen von weitem an sein Ohr. Er hob die Hände in Brusthöhe, seine Finger lagen auf dem Stoff. Roc stand

über ihm, den Strahler auf ihn gerichtet, die Beine etwas gespreizt, den Anflug eines grausamen Lächelns im Gesicht.
Drago begann zu murmeln.
Roc beugte sich dicht zu ihm herab. Sein Stirnrunzeln verriet Neugier. »Möchtest du beich…«
Vijus rechter Ringfinger zuckte leicht. Es gab ein Zischen, und dann stiegen Rauchwölkchen von Rocs Stirn, in dessen Mitte ein Loch erschien, klein und rund. Die Ränder bluteten nicht einmal, die Gefäße der Epidermis wurden von dem bleistiftdünnen Strahl aus Dragos Ring-Mikrostrahler verschweißt, während er im Innern seines Kopfes sein zerstörerisches Werk vollendete und das Gehirn zerkochte.
Im gleichen Moment wurde die Remise in den suchenden Lichtstrahl eines Scheinwerfers getaucht. In der plötzlichen Helligkeit sah Drago das erstaunte Gesicht seines Feindes. Ungläubigkeit und Entsetzen standen darin sowie Wut. Wut darüber, daß er von Viju-Boy übertölpelt worden war. Und im selben Augenblick brach er über Drago zusammen und starb.
Drago wälzte Rocs schweren Körper von sich herunter, ließ sich stöhnend zurückfallen, den Kopf nach draußen gewandt. Ein Gleiter wurde im äußeren Lichtkreis der Scheinwerfer sichtbar. Mehrere Gestalten sprangen heraus und fanden ihn.
Eine beugte sich über ihn. Der energetisch stabilisierte Klarsichthelms des SERUNS fuhr in den Schutzkragen zurück, das harte Gesicht einer Frau unbestimmbaren Alters sah auf ihn herab.
»Ja?« sagte sie, als seine Bemühungen sah, zu sprechen.

»Ich – Kennwort Dragon«, flüsterte er. »Schickt – sofort ein paar Leute zum Kett Tower Port Wells. Da – ist noch – da ist ein Mädchen – gefangen. Sichert die – Syntroniken von – von Kett …«

Dann umfing ihn eine freundliche Ohnmacht. Und mit dem letzten Rest seines schwindenden Bewußtseins hörte er die Frau murmeln: »Diese Zivilisten …«

Kapitel 11

Terrania City, Erde. Ende Juni 1211 NGZ

Exakt fünf Tage und vier Stunden später saß Drago in Terrania City im Büro der SOLEFT.

Pinpoint saß ihm gegenüber, nur die polierte Platte seines Arbeitstisches trennte sie beide. Durch die leicht getönte Scheibe des Panoramafensters hinter seinem Rücken waren die Gebäudefronten der Bürotürme des Medienzentrums um die Itsubishi Row zu erkennen.

»Ich komme gerade von einer Holositzung mit der Ersten Terranerin. Sie hat mich angewiesen, deiner Akte ein Lob hinzuzufügen.« Seine Augen verrieten Belustigung, als er ergänzte: »Falls ich noch Platz darauf finde.«

»Ich lache später darüber«, sagte Drago.

Pinpoint lehnte sich im Sessel zurück. »Was machen deine Wunden?« erkundigte er sich teilnahmsvoll; er zeigte ein ungewohnt besorgtes Stirnrunzeln.

»Sie tun noch ein bißchen weh, aber es geht.«

Es war nicht gelogen. Die Ärzte im Med-Zentrum von Port Wells hatten diverse Fleischwunden und Prellungen diagnostiziert, ferner ein paar angeknackste Rippen – dies alles neben dem fehlenden Stück Taille selbstverständlich. Aber mehr als drei Tage Aufenthalt in der örtlichen Klinik waren nicht vonnöten gewesen; exakt die Zeit, die das Med-Zentrum benötigte, um aus seinen Genen ein Stück neue Haut zu klonen. Das Echthaut-Implantat über der Wunde verursachte zwar

hin und wieder noch Irritationen, aber es war wirklich auszuhalten.
»Fein.« Pinpoint nickte, als hätte er nichts anderes von Drago erwartet. Dann fuhr er fort: »Nun, der Hybrodiemstrom in die Krisengebiete ist jedenfalls trockengelegt. Die Spezialisten von Tarxiis haben mit bekannter Gründlichkeit Jedia Ketts Syntron-Speicher Datei für Datei auseinandergenommen. Erstaunliches ist dabei zutage getreten. Inzwischen dürften die wichtigsten Depots und Verteiler hochgenommen sein.«
Drago nickte.
»War etwas dran an unserer Vermutung einer Verbindung Ketts zu akonischen Kreisen?«
Pinpoint nickte, nicht ohne Triumph. »Es ist schon ein Gegenschlag im Gange, Viju. Wir haben die betreffenden akonischen Staatsbürger enttarnt und vor die Wahl gestellt. Entweder verlassen sie unser Hoheitsgebiet, oder sie werden als Teilnehmer eines Resozialisierungsprogramms auf einem einsamen Mond ein paar sehr wertvolle Erfahrungen sammeln.«
»Was wird aus dem Syndikat der Mächtigen, Kerim? Nachdem jetzt die Namen der Organisationen und Familien bekannt sind, die das Syndikat bilden, wer wird die Führung übernehmen?«
Pinpoint hob die Schultern. »Man wird sich wahrscheinlich einen suchen, von dem noch niemand etwas gehört hat. Aber wer immer es sein wird, er wird einige Zeit mit der Neuorganisation zubringen. Auf Grund der auf Arghiro erhaltenen Informationen und Daten sind wir in der Lage, ihre Kommandostrukturen für lange Zeit lahmzulegen.« Er hob die Hand, als Drago einen Einwand vorbringen wollte. »Natürlich bin ich

überzeugt, daß die Unterwelt auch weiterhin existieren und funktionieren wird. Das organisierte Verbrechen ist wie eine Hydra. Schlägt man einen ihrer Köpfe ab, wächst ein anderer nach. Ich bin sicher, während wir uns hier noch über die Zerschlagung weiter Teile des Syndikats unterhalten, hat man vermutlich schon Übergangslösungen gefunden.«
»Der Lauf der Dinge«, stimmte Drago zu und räusperte sich. »Cyril Quillian. Was ist mit ihr?«
»Sie ist im allgemeinen Trubel entkommen.«
»Wie schade«, sagte Drago mit falschem Bedauern.
»Nicht wahr? Aber gib dich keinen falschen Hoffnungen hin«, erwiderte Pinpoint. »Sie wurde in Athènee abgefangen.«
Besorgnis lag Drago bleischwer auf der Brust, als er fragte: »Ist – ist ihr etwas zugestoßen?«
»Nein. Sie ist wohlauf.«
»Wie erfreulich«, bekannte Viju und fügte leise hinzu: »Ich glaube, ich hätte Schwierigkeiten gehabt, sie zu töten, falls es nötig gewesen wäre. – Ich bin froh darüber, daß es nicht zum Äußersten kam.«
»Das darfst du auch«, versetzte Kerim Pinpoint trocken. »Sie arbeitet nämlich für die Hanse, Abteilung zur Kontrolle von Drogenmißbrauch.«
Nach einem Moment des Schweigens, in dem man eine Stecknadel hätte fallen hören, fuhr Drago wütend auf: »Warum hast du mir das nicht gesagt?«
»Weil ich es selbst nicht wußte«, sagte Pinpoint mit harter Stimme. »Wenigstens bis gestern nicht. – Verdammt!« explodierte er plötzlich und schlug aufgebracht mit der flachen Hand auf die Schreibtischplatte. »Noch nie in meiner Karriere wurde ich so im unkla-

ren gelassen wie in dieser Sache!«
Er nahm sich zusammen und fuhr nach einer Weile fort: »Homer G. Adams' Topleute haben sie angeworben. Ihre Beziehung zu Roc war schon fast am Ende, und sie fand heraus, daß er, neben seinen anderen Geschäften auch als Kurier im Drogengeschäft tätig war und sie ohne ihr Wissen in seine Machenschaften mit eingespannt hatte. Es war nicht sonderlich schwierig für die Spezialisten der Hanse, sie daraufhin umzudrehen. Die Hanse wußte ja alles über Roc; sie hatte Zugang zu den LFT-Akten. Sie zogen ihm nach und nach den Boden unter den Füßen weg, indem sie Gerüchte beim Syndikat verbreiteten, er sei als Kurier enttarnt und würde vermutlich bald auffliegen. Darauf passierte, was man erhoffte: Das Syndikat zog ihn davon ab und setzte ihn als Laufburschen ein. Aber indem es Cyril an seine Stelle setzte, ging die Rechnung der Hanse auf. Sie machte mehrere Reisen, die unter der Kontrolle der Hanse natürlich erfolgreich verliefen – versteht sich.«
Pinpoints Stimme war sarkastisch geworden.
»Dieser Ausflug nach Arghiro hatte vor allem den Zweck, an die Dateien des Syndikat-Statthalters zu kommen, um die Namen der Kuriere herauszubekommen, die von dort das Hybrodiem in die Krisengebiete um Vesta, Calvins Welt und Adamar brachten. Dann wurdest du von mir auf die gleiche Sache angesetzt. Woher sollte die Hanse auch von der LFT wissen? Oder von der SOLEFT? Oder umgekehrt?« Kerims Lächeln war immer zynischer geworden. »Offenbar traut einer dem anderen nicht mehr. Die Schwierigkeit war – und ist –, daß auch gewisse Kreise in den unte-

ren Führungsetagen der Regierung vom Syndikat geschmiert werden.«
»Du übertreibst – oder doch nicht?«
Pinpoints beredtes Schweigen war Antwort genug.
»Verdammt!« grollte Drago. »Ich war mehr als einmal nahe daran, sie zu töten – nicht auszudenken!«
»Mach dich nicht verrückt!« Pinpoint blieb geduldig. »Sie wußte, worauf sie sich eingelassen hatte. Wenn du es ihr schwerer gemacht hast, dann nur, weil es deine Pflicht war. Wie du war auch sie hinter dem Syndikat her. Ihr seid euch nur in die Quere gekommen.«
»Weiß sie die Wahrheit über mich?«
»Klar.« Pinpoint hob die Schultern. »Ich hielt es für das beste, nachdem sie um deine Sicherheit mehr besorgt schien als um die eigene.«
»Wo ist sie?«
»Drüben im HQ-Hanse. Ich habe mich lange mit ihr unterhalten und sie zu überzeugen versucht, daß es sich für sie vermutlich sehr gut auszahlen könnte, wenn sie für uns arbeitet.«
Drago beugte sich vor. »Was?«
Pinpoint zuckte mit keiner Wimper.
»Leider fühlt sie sich der Hanse verpflichtet. Sie hat sich bereit erklärt, in der Illegalität zu bleiben und enge Verbindung zum Rest des Syndikats zu halten, um über dessen Tun und Treiben Bericht erstatten zu können. Vielleicht wird eines Tages sogar das zu wählende Oberhaupt des Syndikats für den Geheimdienst der Erde arbeiten, wer weiß?«
Er lächelte wie über einen gelungenen Scherz. Pinpoint stand auf und lehnte sich über den Tisch, auf den er sich mit den Handflächen stützte.

»Du hast eine Woche Urlaub, Viju. Wenn du willst, auch zwei. Irgendwelche Pläne?«
»Nun ja«, sagte Drago und erhob sich ebenfalls. »Kann ich sie sehen?«
Pinpoint unterdrückte ein Grinsen. »Sie verläßt die Erde. Sie fliegt morgen mittag von Terrania nach ... Aber das ist nun wirklich nicht von Interesse für dich.«
Regenwolken zogen auf und bedeckten die Sonne, als Drago die SOLEFT INC. in der Itsubishi Row 4438 verließ und sich auf den Weg zu seinem Apartment machte.

In Terrania regnete es.
Drago beobachtete Cyril einige Minuten in der Abflughalle, ehe er zu ihr ging. Sie saß irgendwie verloren in der Menge der Passagiere, vor sich eine Tasse Kaffee. Sie machte einen deprimierten Eindruck. Wenn sie sich so fühlte wie er sich, dann verstand er sie.
Erst als er vor ihr stand, blickte sie hoch. Ihre Augen weiteten sich vor Überraschung.
»Viju!« rief sie und stand auf. Sie lächelte ihn mit einer so vorsichtigen Schüchternheit an, daß es ihm fast das Herz zerriß. »Es tut mir so leid, Cyr«, sagte er. »Ich glaube, ich habe dir alles verdorben.«
»Ja«, sagte sie. Dann, versöhnlicher: »Nein, nicht alles.«
Drago hätte gern ihr Gesicht in beide Hände genommen und sie geküßt. Aber ein unüberbrückbarer Abgrund trennte sie beide. Sie konnten sich nicht mehr sicher fühlen in dieser Welt der Täuschungen und Illusionen. Sie wußten beide, wer sie wirklich waren, und aus dieser Erkenntnis heraus konnten sie ihren

eigenen Gefühlen nicht mehr trauen.
»Bist du heil aus allem herausgekommen?« fragte er. »Nichts gebrochen?«
»Alles in Ordnung. Und du?« Sie strich mit einer schnellen Bewegung über die weißen Stellen in seinem Gesicht, die der Heilungsprozeß übriggelassen hatte.
Er nickte. »Es ist nichts. Kann ich irgend etwas tun?«
»Nein«, sagte sie.
Wieder fühlte er den Schmerz unterhalb der Herzgegend. Aber er konnte ihr nicht einmal sagen, daß es ihm ernst gewesen war mit dem, was er ihr gesagt hatte, ernst mit dem, was geschehen war, weil es, wie er inzwischen herausgefunden hatte, nicht stimmte. Sie hatten beide nur ihre Rollen gespielt.
»Ich habe nicht erwartet, daß wir uns noch einmal sehen werden«, sagte sie.
»Ich bin nur gekommen, um Lebewohl zu sagen.«
Sie legte ihre Hand in die seine. Ihre Finger bebten unmerklich. Wie die Schwingen eines kleinen, ängstlichen Vogels, der sich verflogen hatte. Ihre Augen blickten traurig.
»Lebe wohl, Viju.«
Ohne sich noch einmal umzusehen, ging Drago aus der Kuppelhalle, lief hinaus in den strömenden Regen, der ihn im Nu bis auf die Haut durchnäßte und ihn alles nur wie durch einen Schleier sehen ließ. Erst als er wußte, daß ihr Raumschiff gestartet war, ging er zur nächsten Subway-Station und verschwand im Bauch von Terrania City.

GLOSSAR

Begriffe und Bezeichnungen aus dem PERRY RHODAN-Universum

Galax
Zahlungseinheit der galaktischen Währung. Der Wert eines Galax entspricht etwa dem einer heutigen D-Mark. Ein Galax entspricht 100 Stellar. 1 Million Galax = 1 Megagalax.

Interkosmo
Hauptverkehrssprache fast aller menschlicher und nichtmenschlicher Völker der Milchstraße im Handlungszeitraum.

Lokale Gruppe
Bezeichnung für den Galaxienhaufen, dem unsere Milchstraße angehört. Zur Lokalen Gruppe gehören neben der Milchstraße weitere Galaxien wie Andromeda (M 31), die Große Magellanische Wolke, die Kleine Magellanische Wolke. Triangulum (M 33), M 32 (Andro-Beta), NGC 205 (Andro-Alpha), Sculptor, Fornax, NGC 6822, NGC 185, IC 1613, Draco, Ursa Minor, Leo I, Leo II und Hangay (ab 447/448 NGZ).

Liga Freier Terraner (LFT)
Die LFT ist das Staatengebilde der Menschheit zur Handlungszeit mit Sitz auf Terra. Zur LFT gehören alle Terraner auf der Erde und in der Milchstraße, die sich dazu entschließen, Bürger der LFT zu sein. Grundlage der LFT ist das Prinzip der freien, gleichen und geheimen Wahl. Die Liga garantiert die individuelle Freiheit eines jeden einzelnen und stellt das Prinzip des harmonischen Nebeneinander und der guten Kontakte mit allen anderen galaktischen Völkern in den Vordergrund.
Die wichtigsten Regierungsämter sind: Erster Terraner (Staatsoberhaupt, verantwortlich für alle extraterrestrischen diplomatischen Aktionen), Oberster Terranischer Rat (Regierungschef) sowie elf Terranische Räte (Kabinettsminister mit spezifizierten Ressorts). Und wie nahezu alle Regierungen der Erde und des Universums hat die LFT natürlich auch ihren militärischen Zweig, hat Diplomaten und Geheimdienstleute.

Metagrav-Triebwerk
Bezeichnung der Antriebe terranischer Raumschiffe zur Handlungszeit. Der Antrieb funktioniert bei unterlichtschnellem Flug durch Projizierung eines Schwerkraft-Zentrums in Flugrichtung des Raumfahrzeugs. Der Ort, an dem dieses Schwerkraftzentrum entsteht, heißt virtueller G-Punkt oder Hamiller-Punkt, nach dem Wissenschaftler, der in der PERRY RHODAN-Serie diesen Antrieb, in seinen Grundzügen von nichtmenschlichen Rassen abstammend, zur Vollendung entwickelte. Da sich der Hamiller-Punkt beziehungsweise das Schwerkraft-Zentrum unabhängig

vom Ort seines Entstehens, dem Metagrav-Triebwerk eben, ständig von diesem zu entfernen versucht, wird das ihm folgende Raumschiff kontinuierlich beschleunigt. Für den Flug in der Überlicht-Phase wird das Schwerkraft-Zentrum am Hamiller-Punkt verstärkt, bis ein Pseudo-Black-Hole entsteht, der sogenannte Metagrav-Vortex, durch den das Raumfahrzeug in den Hyperraum stürzt. Flugweite und Geschwindigkeit werden durch entsprechende Vektorierung des Metagrav-Vortex bestimmt.

NATHAN
Das größte, halborganische Rechengehirn, das die Menschheit je erdacht hat. Es befindet sich im ausgebauten Mond. Von dort reicht sein unsichtbares Netz bis in die entlegensten Orte des Sonnensystems und weit darüber hinaus. Innerhalb des gewaltigen lunaren Komplexes existiert eine organisch lebende Konzentrationskuppel mit lebendem Plasma. NATHAN steuert nicht nur die ausgedehnten Industriekomplexe auf dem Mond, die Syntronik ist auch zuständig für die ungeheure Fülle von Verwaltungsvorgängen; außerdem steuert NATHAN das Wetter auf der Erde und viele andere Dinge, wie z. B. den gesamten planetaren und interstellaren Verkehr.

Neue Galaktische Zeitrechnung (NGZ)
Von Perry Rhodan eingeführte neue Zeitrechnung. Das Jahr 1 NGZ entspricht dem Jahr 3588 alter Zeitrechnung. Das im vorliegenden Roman erwähnte Jahr 1211 NGZ entspricht demnach dem Jahr 4798 alter Zeitrechnung. Die NGZ gilt auf vielen Welten der

Milchstraße, obwohl die planetaren Zeiten, bedingt durch unterschiedliche Umlauf- und Rotationszeiten, überwiegend erhalten bleiben.

Pikosyn
Syntron in Kleinst-Modulbauweise, der als integriertes Bestandteil z. B. Raumanzüge oder andere Vorrichtungen steuert, mit dem Benutzer kommuniziert usw.

Syntron
Neuartiges Computerprinzip, das nach jahrhundertelangen Versuchen in der ersten Hälfte des fünften Jahrhunderts NGZ seinen Durchbruch erlebte und nach und nach die alten positronischen Computer ersetzte. Beim Syntron handelt es sich um einen Rechner mit hyperenergetischen Innenleben; es gibt keine »Hardware« im üblichen Sinne mehr. Sorgfältig strukturierte und miniaturisierte hyperenergetische Felder übernehmen die herkömmlichen Funktionen des Prozessors, der Datenkanäle, der internen und externen Speicher sowie die der peripheren Kontrollgeräte.
Das System ist im höchsten Maße dynamisch, das bedeutet: Werden mehr Prozessoren, dafür aber weniger Datenkanäle gebraucht, lassen sich diese in jene umwandeln. Die Abläufe im Syntron sind überlichtschnell. Allerdings wirft die Benutzung eines Rechners, in dessen Innerem überlichtschnelle Prozesse ablaufen, Probleme für den Benutzer im Einstein-Raum auf, da dieser ja nach wie vor dessen Gesetzen unterworfen ist. Deshalb wird dem hyperschnellen Rechner sein eigenes Miniaturuniversum zugewiesen, damit er mit jenen Gesetzen, die im Universum des

»Users« herrschen, nicht in Konflikt kommt; die Separierung besorgt dabei das sogenannte Inertfeld. Benutzer und Syntron befinden sich in zwei verschiedenen Universen.
Um miteinander kommunizieren zu können, bedarf es eines Interface, genannt »Symunikator«, das beide Universen durch Umgehung der Einsteinschen Gesetze durchgängig macht. Diese Benutzer/Syntron-Schnittstelle sorgt unter anderem auch dafür, daß dem noch unerfahrenen Bediener der Umgang mit seinem neuen Syntron fast ebenso »einfach« erscheint wie der mit seinem herkömmlichen Rechner. Syntrons zeichnen sich gegenüber ihren Vorgängern durch ungeheure Rechengeschwindigkeit und eine fast unvorstellbare Speicherkapazität aus. Die Größe eines Syntrons wird üblicherweise durch die Abmessungen des Inertfeldgenerators und des Symunikators bestimmt. Im Vergleich dazu sind die Strukturfeldprojektoren geradezu winzig und können beliebig viele Speicherstrukturen erstellen.

Terrania City
In der Wüste Gobi gelegen, ist Terrania zum Handlungszeitraum die jüngste und zugleich größte und modernste Hauptstadt der Erde. Bereits kurze Zeit nach Ausrufung der Dritten Macht gegründet, bildet sie seitdem den geistigen und kulturellen Mittelpunkt des einstigen Solaren Imperiums und der jetzigen Liga Freier Terraner. In Terrania gibt es die bedeutendsten Universitäten, Institute und Kliniken des Staatsgebildes, ebenso die Raumakademien und das Regierungszentrum. Die Stadt, zwischen dem Nan-Schan-

Gebirgszug im Süden und dem Altai-Massiv im Norden erbaut, war ursprünglich einmal für eine Bevölkerung von fünf Millionen ausgelegt. Zum Handlungszeitraum jedoch, im 13. Jahrhundert NGZ, bedeckt der Großraum Terrania – inklusive selbständiger Kommunen, die aber stets zu Terrania gezählt werden – fast schon die gesamte Khooloi Gobi, jene ehemalige trockene Beckenlandschaft in Zentralasien. Gigantische Verwaltungshochhäuser, riesige Versorgungseinrichtungen, hypermoderne Verkehrsmittel aller Art, gewaltige Büro- und Wohnmaschinen beherbergen die Menschenflut.

Terrania Traffic Control (TTC)
Syntronisch gesteuerter, von NATHAN überwachter Verkehrsverbund, der den quirligen Boden- und Luftverkehr auf der Erde unfallfrei vonstatten gehen läßt.